古典文獻研究輯刊

三 編

曾 永 義 主編

第 15 冊

古典小說虛實論
——以《三國演義》爲例

廖 文 麗 著

國家圖書館出版品預行編目資料

古典小說虛實論──以《三國演義》為例／廖文麗 著 — 初版
— 新北市：花木蘭文化出版社，2011〔民100〕
序 2+ 目 2+148 面；19×26 公分
（古典文學研究輯刊　三編；第 15 冊）
ISBN：978-986-254-557-7（精裝）
1. 古典小說　2. 文學評論
820.8　　　　　　　　　　　　　　　　100015008

ISBN-978-986-254-557-7

古典文學研究輯刊
三　編　第十五冊　　　　　　　ISBN：978-986-254-557-7

古典小說虛實論──以《三國演義》爲例

作　　者　廖文麗
主　　編　曾永義
總 編 輯　杜潔祥
出　　版　花木蘭文化出版社
發 行 所　花木蘭文化出版社
發 行 人　高小娟
聯絡地址　新北市永和區中正路五九五號七樓
　　　　　電話：02-2923-1455／傳眞：02-2923-1452
網　　址　http://www.huamulan.tw 信箱 sut81518@ms59.hinet.net
印　　刷　普羅文化出版廣告事業
初　　版　2011 年 9 月
定　　價　三編 30 冊（精裝）新台幣 48,000 元

作者簡介

姓名：廖文麗

學歷：國立臺灣師範大學國文研究所碩士

　　　現任國立竹北高中教師

作品：單篇論文：

　　　1994「《詩‧魏風》的內涵與藝術表現」，《第一屆經學學術討論會論文》

　　　2001「金聖歎小說評點中之虛實論」，《春風煦學集》里仁出版社

現代詩文：

　　　1989 耕莘第廿四屆暑期寫作班文學獎新詩組第三名

　　　1990 臺灣師大現代文學師鐸獎散文組第一名、新詩組第三名

　　　1997 聯合報副刊「動物與我」徵文第三名

　　　1997 年新竹縣立文化中心第一屆竹風散文獎第二名

　　　1997 年台北市政府母親節徵文成人組佳作

　　　2001 年「吳濁流文藝獎」散文類佳作

　　　2003 年「竹塹文學獎」散文類貳獎

　　　2004 年「吳濁流文藝獎」散文類佳作

　　　2004 年「竹塹文學獎」散文類佳作

提　要

　　古典小說虛實論，無疑是小說理論的重要課題，其不僅關乎小說創作技巧的前進，更有許多細膩豐富的內涵。而歷代對虛實論的反覆辯證，更形成虛實論的演進思潮。故本論文以古典小說虛實論為研究題材，並以兼具題材虛實與創作技巧虛實的《三國演義》為舉例對象。共分六章：

　　第一章緒論。探討虛實論之源起、文藝理論中之虛實論。並說明研究動機、研究範疇、研究方法等。

　　第二章小說虛實論之演進。共分五節：魏晉、唐代、宋元、明清、小結。探討虛實論演進之思潮脈絡。

　　第三章題材、結構、人物虛實論之釐定。共分三節：題材虛實論、結構虛實論、人物虛實論。以金聖嘆、毛宗崗、張竹坡、脂硯齋的小說評點理論為整理對象，對題材、結構、人物的虛實運用作檢討，並建構理論，作為剖析《三國演義》的判準。

　　第四章《三國演義》虛實論之詮評。討論《三國演義》的創作思想以及其對題材、結構、人物虛實的運用。此章是以作品為解析對象，探討《三國演義》中虛實運用之優缺。屬現象方面的詮解。

　　第五章古典小說虛實論之價值。共分二節：討論虛實的構成原則、虛實論之作用。是對虛實論作總的評價。屬於本體論方面的探討。

　　第六章結論。透過「縱向──小說虛實論發展史的澄清」「中心論題──小說虛實論的建構」、「橫向──小說虛實論的運用」、「本體──小說虛實論的構成原則」等方面的探討，虛實論不僅成為小說理論史的範疇，更是小說創作論的鎖鑰，小說審美鑑賞論的核心。

古典小說虛實論
——以《三國演義》爲例

廖文麗　著

目
次

自　序

　　研究所求學階段，可說是個人學習生涯中相當重要的里程碑，它不僅標幟著獨立研究的開始，也預言著生命幅度邁向更寬廣的可能。

　　於學海中尋幽訪勝，尚友古人的喜悅，無礙於時空的情感融通，最令人掩卷嘆息。在諸多領域中，選擇小說理論作為研究課題，除了沈醉於小說碉堡中所構築出的世界外，更想一探小說創作的堂奧，於是散落在古典小說中的序跋、評點、筆記，均化為值得再三咀嚼的瑰寶。古典小說理論以其獨特的存在方式，對小說人物批下了褒貶臧否，對小說作者作相應的感知與理解，對小說概念烙下一步步廓清的軌跡，這些都閃爍著中國小說理論潛在的豐厚內涵。

　　一路行來，實如游玄圃而見積玉，美不勝收，亦深刻體嘗到「生也有涯，而知也無涯」的小我極限，常在捻熄最後一盞燈，聽著圖書館催人離去的音樂，踽踽拾級而下，沈重與欣喜，濃濃襲來。所幸，師長們的傳道解惑，引渡了迷航的舟子，更衷心感謝黃師慶萱的諄諄指導，使本論文得以順利完成。還有父母親、外子的支持鼓勵，讓我持續前行努力。

第一章　緒　論

第一節　虛實論概說

一、虛實論之源起

先秦《老子》、《莊子》，漢代《淮南子》所提到的有無思想，可說是虛實理論的源頭，雖然老、莊的論述屬於哲學範疇，然有無之爭，卻對虛實理論產生了影響。如老子提出：

> 有無相生，難易相成，長短相較，高下相傾，音聲相和，前後相隨。
> （見《道德經》第二章）

> 大巧若拙，大辯若訥。（見《道德經》第四十五章）

直接啓發後世虛實相生、有無相成、巧拙相濟的藝術辯證思想。又如莊子云：

> 泰初有無，無有無名；一之所起，有一而未形。（見《莊子·天地》）

將「無」視爲「有」之根本，揭示宇宙的本源是「無」。而淮南子曾云：

> 物之用者，必待不用者。故使之見者，乃不見者也，使鼓鳴者，乃有不鳴者也。（見《淮南子·説山訓》）

> 鼻之所以息，耳之所以聽，終以其無用者爲用矣。物莫不因其所有，用其所無，以爲不信，視籟與竽。（見《淮南子·説山訓》）

> 走不以手，縛手走不能疾；飛不以尾，屈尾飛不能遠。物之用者，必待不用者。（見《淮南子·説山訓》）

> 有生於無，實出於虛。（見《淮南子·原道訓》）

在老、莊、淮南子的思想中，一組組相對應範疇的概念處處可見，如「用」必有所「不用」，「見」必有所「不見」，「鳴」必有所「不鳴」，「有」必有所「無」，「實」必有所「虛」，此種相濟爲用、相反相成的美學觀，與後代文學理論中矛盾而統一的藝術辯證思維，如剛與柔、形與神、質與文、情與理、幻與眞、虛與實，都息息相關。

二、文藝理論中之虛實論

虛實理論橫跨了繪畫、書法、詩、文、小說、戲劇、園林建築……等多重領域，在藝術創作與鑑賞中具有舉足輕重的地位。例如畫論中所提及的虛實論，舉明代唐志契之言以證，其云：

> 凡畫山水，大幅與小幅迥乎不同。小幅臥看不得塞滿，大幅豎看不得落空。小幅宜用虛，愈虛愈妙。大幅則須實中帶虛，若亦如小幅之用虛，則神氣索然矣。(〈繪事微言〉，見《中國畫論類編》)

即在強調畫幅大小與虛實運用的關係。而清代石濤說：

> 山川萬物之具體，有反有正，有偏有側，有聚有散，有近有遠，有內有外，有虛有實，……。(〈苦瓜和尚畫語錄〉，見《中國畫論類編》)

> 古人立一法非空閒者。公閒時拈一個虛靈隻字，莫作眞實想，如鏡中取影。山水眞趣，須是入野看山時，見他或眞或幻，皆是我筆頭靈氣，……。(〈石濤論畫〉，見《中國畫論類編》)

由對自然的領悟，尋思虛實的起源，實來自於生活。清代丁皋亦云：

> 寫眞一事，須知意在筆先，氣在筆後。分陰陽，定虛實，經營慘淡，成見在胸而後下筆，謂之意在筆先。(〈寫眞秘訣〉，見《中國畫論類編》)

明示作畫前，必先設想虛實有無的布置。又云：

> 凡天下之事事物物，總不外乎陰陽。以光而論，明曰陽，暗曰陰。以宇舍論，外曰陽，內曰陰。以物而論，高曰陽，低曰陰。以培塿論，凸曰陽，凹曰陰。豈人之面獨無然乎？惟其有陰有陽，故筆有虛有實。惟其有陰中之陽，陽中之陰，故筆有實中之虛，虛中之實。
> （同前）

透過對萬物的靜觀，進一步對畫筆中的虛實運用產生新的領悟，認爲宇宙事物的存在常是陰陽諧和的，落實於畫筆中亦應體證陰陽之理，即虛實的表現。

而清代孔衍式更探討虛與實互相聯結、互相轉化後之特徵，其云：

> 樹石人皆能之，筆致縹渺，全在雲煙，乃聯貫樹石，合爲一處者，
> 畫之精神在焉。山水樹石，實筆也；雲煙，虛筆也。以虛運實，實
> 者亦虛，通幅皆有靈氣。（〈石村畫訣〉，見《中國畫論類編》）

> 有墨畫處此實筆也，無墨畫處以雲氣襯，此虛中之實也。樹石房廊
> 等皆有白處，又實中之虛也。實者虛之，虛者實之。（同前）

就山水樹石而言：雲煙是虛筆，山水樹石是實筆，而將山水樹石與雲煙相互
交融，那麼屬於實筆的山水樹石因雲煙的點染，便形成虛中有實。同樣的情
形，畫樹石房廊必不能將畫面整個填實，必有間歇的空白處，此即造成實中
有虛的效果。清朝蔣和曾有類似的觀念：

> 山水篇幅以山爲主，山是實，水是虛。畫水村圖，水是實而坡岸是
> 虛。（〈學畫雜論〉，見《中國畫論類編》）

同樣是畫水，因其所處的主賓地位不同，故產生的虛實效應亦有差別。於山
水篇幅中，以山爲主體，故山是實，水是虛；於水村圖中，以水爲主體，故
水是實，坡岸是虛。充分掌握虛實相對的觀念。其又云：

> 樹石布置須疏密相間，虛實相生，乃得畫理。（同前）

更進一步把虛實如何落實加以闡明。另清代的布顏圖對畫論中的虛實理論，
亦提出了相當深入的見解，其云：

> 山水間煙光雲影，變幻無常，或隱或現，或虛或實，或有或無，冥
> 冥中有氣，窈窈中有神，茫無定象，雖有筆墨莫能施其巧。故古人
> 殫思竭慮，開無墨之墨，無筆之筆以取之。（〈畫學心法問答〉，見《中
> 國畫論類編》）

「無墨之墨，無筆之筆」是指藝術中的空白形象（即留白），也是指虛筆，透
過虛筆與其他實筆相結合，即產生了虛實相生之妙，所以實筆需要虛筆的點
染。同理可知文藝創作中，實在形象的捏塑固屬重要，空白形象的穿插亦不
可或缺，否則將囿於結實，而無法空靈。

　　繪畫注重虛實的安排，書法藝術亦重視虛實。如隋代釋智果〈心成頌〉
中提到如何處理虛實的關係，其云：

> 變換垂縮：謂兩豎畫一垂一縮，「并」字右縮左垂，「斤」字右垂左
> 縮，上下亦然。繁則減除：王書「懸」字，虞書「麤」字，皆去下
> 一點；張書「盛」字，改「血」從「皿」也。（〈心成頌〉，見《歷代

書法論文選》）

以「斤」字、「井」字爲例，下垂兩筆一短一長，字體結構即顯示出左實右虛或左虛右實；虛實相間，相映成趣。〔註1〕

另如唐代歐陽詢的《三十六法》中所提的「排迭」、「避就」、「穿插」、「補空」、「增減」、「小大成形」、「小大大小」……等等，不僅注意字體本身結構的虛實處理，也釐清字與字之間的虛實關係，甚至推而廣之擴及整篇字體的布局之美。

所以在書論中「虛實」亦是相對應的觀念，單就字形的結體論，「虛實」即有豐富的內蘊：（一）筆畫的開合，不管是外開內合，或者內合外開，都是虛實結合的藝術美。（二）筆畫的舒斂，一個字的結體舒展，或者攢聚，亦是虛實相合的內容。（三）筆畫的斷連，連筆即爲實，斷筆即爲虛。就整篇書法的布局而論，字體本身即是實，而字與字間的空白即是虛。而書法藝術要形成「四面停勻」、「體勢茂美」、「映帶得宜」〔註2〕的美感，虛實相映是必要的條件。

此外在詩論中虛實理論亦可隨處掇拾。如唐代劉禹錫云：

> 詩者，其文章之蘊邪？義得而言喪，故微而難能，境生於象外，故精而寡和。（〈董氏武陵集紀〉，見《劉夢得文集》卷二十三）

唐朝司空圖云：

> 五言所得，長於思與境偕，乃詩家之所尚者。（〈與王駕評詩書〉，見《詩品集解》）

詩歌寫作強調情景交融、寓情於景、境生象外，其共通的原則是除了實景的

〔註1〕參考《中國古代美學範疇》，曾祖蔭著，丹青圖書有限公司出版，1987年，頁156。

〔註2〕「四面停勻」、「體勢茂美」、「映帶得宜」均出自歐陽詢〈三十六法〉，引文見《歷代書法論文選》，華正書局出版，1984年，頁91、93、95。敘述如下：

穿插：字畫交錯者，欲其疏密、長短、大小勻停，如「中」、「弗」、「井」、「曲」、「冊」、「兼」、「禹」、「禺」、「爽」、「爾」、「襄」、「甬」、「耳」、「婁」、「由」、「垂」、「車」、「無」、「密」之類，《八訣》所謂四面停勻，八邊具備是也。

增減：字有難結體者，或因筆畫少而增添，如「新」之爲「新」，「建」之爲「建」是也。或因筆畫多而減省，如「曹」之爲「曹」，「美」之爲「美」。但欲體勢茂美，不論古字當如何書也。

小大大小：《書法》曰，大字促令小，小字放令大，自然寬猛得宜。譬如「日」字之小，難與「國」字同大，如「一」字「二」字之疏，亦欲字畫與密者相同，必當思所以位置排布，令相映帶得宜，然後爲上。

描繪外，更要藉著實景的比喻、暗示、象徵和指引，以及讀者的聯想，產生無形之虛象。而宋代范仲淹則云：

> 不以虛為虛，而以實為虛，化景物為情思，從首至尾，自然如行雲流水，此其難也。否則偏於枯瘠，流於輕俗，而不足採矣。姑舉其所選一二云：「嶺猿同旦暮，江柳共風煙。」又：「猿聲知後夜，花發見流年。」若猿，若柳，若花，若旦暮，若風煙，若夜，若年，皆景物也。化而虛之者一字耳。（《對床夜語》卷二，見《歷代詩話續編》）

范氏所指的「實」為具體的景物，「虛」為抽象的情思。其言「以實為虛」即是將詩中所描寫的景物看作是實，而將寫景所傳達出的思想情感視為虛；而「化景物為情思」，即是通過寫景表達思想情感。此種虛實相生的契機即在於「一字耳」，巧妙地運用一個字，即可自具象的實景中，轉化出形象以外的境界。而明代謝榛則云：

> 寫景述事，宜實而不泥乎實。有實用而害於詩者，有虛用而無害於詩者。此詩之權衡也。（《四溟詩話》卷一，見《歷代詩話續編》）

以詩歌來寫景述事，不可避免要寫實，然不可僅止於寫實的層面，必需要實中有虛，虛實結合。以李白〈北風行〉為例：「燕山雪花大如席，片片吹落軒轅臺」，謝榛評曰：「景虛而有味」。（《四溟詩話》卷一，見《歷代詩話續編》）「大如席」是李白想像的情狀，非真實，然卻令人感覺其味無窮，因其擺脫寫實之刻板，以虛構誇張想像下筆，反奏其效。

而在文論的部分，清代劉熙載說得特別詳盡，其云：

> 《春秋》文見於此，起義在彼。左氏窺此秘，故其文虛實互藏，兩在不測。（見《藝概》）

> 文或結實，或空靈，雖各有所長，皆不免著於一偏。試觀韓文，結實處何嘗不空靈，空靈處何嘗不結實。（見《藝概》）

> 文之善於用事者，實者虛之，虛者實之。（見《藝概》）

> 賦以物象，按實肖像易，憑虛構象難。能構象，象乃生生不窮矣。（見《藝概》）

劉熙載強調文章必有虛實相生之妙，能夠運用想像和虛構，則文章自有無窮的想像空間。

而關於戲曲中的虛實論，明朝謝肇淛曾云：

> 凡爲小說及雜劇、戲文，須是虛實相半，方爲游戲三昧之筆。（見《五
> 雜俎》）

強調小說、雜劇、戲文，本非眞境，不必盡合於史。然謝肇淛更進一步提出：
在虛構的同時，非無端妄作，即「雖極幻妄無當，亦有至理存焉」（同前），
認識了藝術創造亦要合於情理邏輯。爾後的王驥德《曲律》提出「劇戲之道，
出之貴實，而用之貴虛」，呂天成《曲品》認爲「有意駕虛，不必與實事合」，
李漁《閑情偶寄》主張「傳奇所用之事，或古或今，有虛有實，隨人拈取」，
戲曲中的虛實論經過各家的辨析，遂蔚爲大觀。

　　當然各個領域的虛實，所包涵的內容與技巧都十分寬廣，在此部分作提
綱挈領式的說明，其目的有三：（一）彰顯虛實論於文藝理論中的重要性；（二）
藉此看出文藝理論間的共通性：亦即虛實布置、虛實相生爲共同的要求；另
外亦可察看文藝理論間的異質性：亦即虛實雖爲共通的要求，但落實在各個
領域中，具體內涵、運作法則卻大相逕庭、各異其趣；（三）可與本論文所要
研究的小說虛實論作比較。

三、動機的形成

　　虛實在文藝理論中具有舉足輕重的地位，是無庸置疑的，而落實於各個
領域裡的虛實論，所指涉的意義也各異其趣。其中小說虛實論無疑是耐人尋
味的課題，因爲小說虛實論的建構過程中，有著漫長、充滿矛盾的辯證過程，
所形成的探究空間亦最爲寬廣。

　　「小說創作是需要虛構的」此一概念，已是眾所周知的的事實，然對於
這個觀念的認知，在歷代小說理論家中卻引起了廣大的爭辯，這是因爲小說
一直存活在以史志爲代表的傳統觀念下，小說地位與身份顯得模糊與尷尬。
可是這並非意味著「虛構」的不存在，相反的，「虛構」不僅長期存在於小說
作品中，且其運用的技巧愈趨複雜，所以小說虛實理論的探究，不僅有助於
小說地位與身份的釐清，更可檢視其在「該不該虛構」的題材層面與「如何
才能虛實相生」的技巧層面互相重疊往復的軌跡。同時藉著豐富的小說理論
史料的整理，如評點、序跋、筆記等，將可發覺小說理論家們對小說的諸般
課題，有相似的認識，且有相沿的脈絡，虛實論即是其中之一，故跨越時空
的限制，將這些共通的論題加以整理，進而在小說作品中尋求印證，應可呈
現出中國小說理論的獨特性與價值。

第二節　研究範疇與方法

一、研究範疇

本論文的研究範疇可分三群組作說明。

（一）

第二章「古典小說虛實論的演進」，是從初具小說雛型的魏晉階段著手探討，迄於清末。將落實於論著、序跋、評點中的小說虛實觀加以整理。

自魏晉入手，因魏晉是古代小說由殘叢小語發展至初具雛型的階段，以之作為論述的起點，更接近小說本質的探討。在魏晉以前的神話、寓言，因與小說自覺概念相去甚遠，雖有虛構手法存在，仍不列入討論。即如漢代桓譚《新論》所云：

> 若其小說家，合殘叢小語，近取譬論，以作短書，治身理家，有可觀之辭。

以及班固《漢書・藝文志》輯錄小說十五家，且云：

> 小說家者流，蓋出於稗官，街談巷語，道聽塗說者之所造也。孔子曰：「雖小道，必有可觀者焉，致遠恐泥，是以君子弗為也。」然亦弗滅也。閭里小知者之所及，亦使綴而不忘。如或一言可采，此亦芻蕘狂夫之議也。

然他們對小說的認知仍不脫「殘叢小語」式的觀念。故彼時雖已有小說家之名，僅只是對小說起源、流布的一種原始、模糊的認識，所言小說，並非指具有特點的文學形式。

以清末為斷，正符合古典小說的迄止範疇。

（二）

第三章「題材、結構、人物虛實論之釐定」。是屬於虛實理論的建構，以金聖嘆評《水滸傳》〔註3〕、毛宗崗評《三國演義》〔註4〕、張竹坡評《金瓶梅》〔註5〕、脂硯齋評《紅夢樓》〔註6〕為整理對象，將小說虛實論中爭辯已

〔註3〕此處所採用的版本是《金批水滸傳》上、下冊，見《金聖嘆全集》一、二冊，長安出版社，1986年，是貫華堂原本重排。

〔註4〕此處所採用的版本是《貫華堂第一才子書》，金聖嘆原評、毛聲山先生批點、毛宗崗評，康熙年刊本之朝鮮刊本，中央圖書館善本書室藏。

〔註5〕此處所採用的版本是《第一奇書》【康熙乙亥年（1695年）張竹坡評在茲堂本

久的焦點──題材虛實，以及構成小說中最重要的兩項因素──結構虛實、人物虛實加以釐清。

這四本評點，篇幅宏大，最容易體現批評家完整的理論，可說是中國傳統小說觀念、理論的集中處，亦是古典小說理論精髓所在，而且這四本評點對於題材、結構、人物等各方面的探討，均能藉助與小說正文緊密結合的批評形式，對作品發抒相應的感知與理解。

（三）

第四章「《三國演義》虛實論之詮評」。以《三國演義》〔註7〕為剖析對象，察考古典小說對虛實理論的實踐。此章著手於作品的分析，是思及只有平面的理論建構，而未將作品與理論合而觀之、互為印證，理論等於架空，即無法於作品中爬梳理論實踐的規律，故援引《三國演義》為例證。

當然《三國演義》較之於後來的《水滸傳》、《紅樓夢》，其對虛實技巧的運用並非最純熟，然而《三國演義》兼具題材虛實與技巧虛實的探討空間，較能對虛實論的各層面作完整的映照。

以上的研究範疇，都是以「小說虛實論」為中心向外輻射，冀能對小說虛實論有透闢的了解，進而總結出小說虛實論的構成原則。

二、研究方法

歷來小說理論的研究都頗注重發展史的領域，如王先霈、周偉民的《明清小說理論批評史》，〔註8〕陳洪《中國小說理論史》，〔註9〕陳謙豫《中國小說理論批評史》，〔註10〕康來新《晚清小說理論史》〔註11〕等等，雖可提供清晰的小說理論發展脈絡，但對許多理論觀點，往往只是粗陳大略，對相關問題的討論也是概觀的，理論深度的挖掘有所侷限。而近來更多的研究著作是就小說評點加以剖析、歸納，進而總結出小說作品的藝術經驗，如賈文昭、

金瓶梅】，里仁書局，1980 年。

〔註 6〕 此處所採用的版本是《新編石頭記脂硯齋評語輯校》增訂本，陳慶浩編著，聯經出版社，1986 年。

〔註 7〕 此處所採之版本是《三國志通俗演義》二十四卷，羅本撰，明嘉靖壬午年【元年】刊本，中央圖書館善本書室藏。

〔註 8〕 《明清小說理論批評史》，王先霈、周偉民合著，花城出版社，1988 年。

〔註 9〕 《中國小說理論史》，陳洪著，安徽文藝出版社，1992 年。

〔註 10〕 《中國小說理論批評史》，陳謙豫著，華東師範大學出版社，1989 年。

〔註 11〕 《晚清小說理論史》，康來新著，大安出版社，1990 年。

徐召勛《中國古典小說藝術欣賞》，〔註 12〕葉朗《中國小說美學》，〔註 13〕陳洪《中國小說藝術論發微》，〔註 14〕范勝田編《中國古典小說藝術技法例釋》，〔註 15〕康百世《金聖嘆評考水滸傳的研究》，〔註 16〕陳萬益《金聖嘆的文學批評考述》，〔註 17〕張曼娟《明清小說評點之研究》，〔註 18〕陳薏如《三國演義評點研究——以毛評爲中心》，〔註 19〕鄭士熙《兩種水滸評點及其小說理論研究之一（以袁無涯與容與堂本爲中心）》〔註 20〕等等，不論是以小說評點家爲主體，或者以小說技巧爲主題，理論的面貌較爲清晰，然小說評點所涉的內容十分駁雜，故雖有理論之整理，仍缺乏對專一論題統整性的探討。其他單篇的論文的研究方向，大抵如此。近來亦有一些以專論形式出現的著作，如徐靜嫻《小說評點中的人物塑造論》，〔註 21〕周啓志、羊列容、謝昕《中國通俗小說理論綱要》，〔註 22〕以專論的形式針對小說理論中的各種問題作探究，實提供了研究小說理論的另一途徑。

　　尋繹中國小說理論系統的可能性。設想如能針對其中的某一理論，自發展史中找出定位，就此定位點作層層的探討，將其縱向發展、橫向現象、理論中心、內在本體一一深究，以單一理論作爲研究的起點，不僅是對理論本身的增強作用，更是整理中國小說理論的可行道路，因爲每一個理論所蘊納的深度、廣度，均可擴及到理論源頭、作品印證、原則歸納等。如此一來，中國小說理論領域透過每一個理論的澄清，即可展現其精微之處。

　　據此，對於古典小說虛實論有了具體的研究方法：

　　首先第二章「小說虛實論的演進」，陳述魏晉至清末虛實演進的思潮脈

〔註 12〕　《中國古典小說藝術欣賞》，賈文昭、徐召勛著，安徽人民出版社，1982 年。

〔註 13〕　《中國小說美學》，葉朗著，里仁書局出版，民 1987 年。

〔註 14〕　《中國小說藝術論發微》，陳洪著，南開大學出版社，1987 年。

〔註 15〕　《中國古典小說藝術技法例釋》，范勝田編，浙江古籍出版社，1989 年。

〔註 16〕　《金聖嘆評考水滸傳的研究》，康百世著，1981 年政大中文研究所碩士論文。

〔註 17〕　《金聖嘆的文學批評考述》，陳萬益著，國立臺灣大學文史叢刊，1976 年。

〔註 18〕　《明清小說評點之研究》，張曼娟著，1989 年東吳大學中文研究所博士論文。

〔註 19〕　《三國演義評點研究——以毛評爲中心——》，陳薏如著，1991 年文化大學中文研究所碩士論文。

〔註 20〕　《兩種水滸評點及其小說理論研究之一（以袁無涯與容與堂本爲中心）》，鄭士熙著，1991 年政治大學中文研究所碩士論文。

〔註 21〕　《小說評點中的人物塑造論》，徐靜嫻著，1991 年輔仁大學中文研究所碩士論文。

〔註 22〕　《中國通俗小說理論綱要》，周啓志、羊列容、謝昕著，文津出版社，1992 年。

絡，更檢討虛實觀與彼時小說作品的落差，藉此得出縱向「史」的概念。

再者第三章「題材、結構、人物虛實論之釐定」，是分析四本評點中論及題材虛實、結構虛實、人物虛實的主要論點與藝術規律，以此窺得理論的中心議題。

其次第四章「《三國演義》虛實論之詮評」，以作品為剖析對象。探討《三國演義》對虛實運用之優缺。屬於橫向現象方面的詮解。

再來第五章「古典小說虛實論之價值」，則是對虛實論的構成原則作具體歸納。屬於本體論方面的探討。

第二章　小說虛實論的演進

　　小說虛構性與眞實性的辨證漫長迤邐，這之間「虛」與「實」兩種觀念不斷往復、交融，形成不同的思潮。此章以魏晉爲論述起點，實因魏晉是古代小說由殘叢小語發展至初具雛型的階段。

第一節　魏　晉

　　魏晉小說的主要形式是志人和志怪，在彼時無論志怪、志人的小說作者，常標榜自己的創作內容是實有其事的。如干寶〈搜神記序〉中云著述《搜神記》之目的乃在於「亦足以明神道之不誣也」，即言其想用小說證實世上確有鬼神存在，而不是虛設假造。

　　細觀《搜神記》之內容處處充滿著鬼怪神異，舉例如下：《搜神記》中有「人死復生」記載，如干寶父親殉葬的一個寵婢，十年後開墓，居然復甦還陽；干寶之兄亦曾病死復活；干寶自己也親眼目睹了鬼神出沒（見於《晉書·干寶傳》記載）。這些例子說明了《搜神記》之內容常是人世所不能應驗存有的鬼怪神異，然干寶卻相信其是實際存在或發生過的，而且當作史實來記載，認爲這些內容無可信與不可信的區別。甚至到《隋志》、《唐志》仍將《搜神記》歸入史部雜傳類，屬於史的一類。〔註1〕

　　細究其因乃是崇實思想主導著小說的評價：崇實思想早在魏晉前即已被文人接受，如王充認爲自己創作《論衡》的目的之一就是「黜虛妄」，其云：「虛妄之語不黜，則華文不見息；華文放流，則實事不見用。」（見《論衡·

〔註1〕參考《歷代小說序跋選注》，文鏡文化事業有限公司出版，1984年，頁14。

對作》篇）又如司馬遷《五帝本紀》引用甚多的神話傳說，然卻於《史記·大宛列傳》中云：「至《禹本紀》、《山海經》所有怪物，余不敢言之也。」這種創作與認知的落差，反應了傳統排斥虛妄，重視實際的觀念。再者如班固云：「其文直，其事核，不虛美，不隱惡。」（見《漢書·司馬遷傳贊》）以覈實為美的史家態度展露無遺。

又左思曾批評諸家辭言：「於辭則易為藻飾，於義則虛而無徵。且夫玉卮無當，雖寶非用；侈言無驗，雖麗非經。」（見《文選》卷四〈三都賦序〉）更要求在內容上徵實以見信。劉孝標注《世說新語·輕詆》篇引《續晉陽秋》，言及晉代裴啟著的《語林》云：「晉隆和中，河東裴啟撰漢魏以來迄于今時言語應對之可稱者，謂之《語林》，時人多好其事，文遂流行；後說太傅事不實……自是眾咸鄙其事矣。」時人求實的態度可見一斑。又如梁代蕭綺〈拾遺記序〉云：「綺更刪其繁紊，紀其實美，搜刊幽秘，捃採殘落，言匪浮詭，事弗空誣。推詳往跡，則影徹經史；考驗真怪，則葉附圖籍。」宣告以「實」為美、以「經」、「史」為證的實觀寫作，藉此標榜自己的作品具信實性。

以上各家都高舉著「實錄」為其判定準則，傳統史學對小說的影響昭然若揭。再回顧小說萌芽之時，批評家視小說為「稗史」，屬於史之「偏紀」，〔註2〕所以很自然地就搬用歷史實錄準則來要求小說。

這個於彼時普遍存在的原因，導致了理論與實際創作的矛盾：小說既屬史之旁支別流，扮演著「補正史之不足」的角色，內容自然以詮釋正史或能映證正史為目的，更甚者是要求作家所寫必須是親耳所聞、親眼所睹，如不然，則用「虛」、「幻」、「假」、「誕」等字眼來貶斥非實錄的作品，故「虛」於彼時並非是藝術虛構手法的認知，而是指作品的虛假妄作，一旦作品被貼上「虛」之標籤，則面臨被否定之命運，故使得「虛」成為小說創作之大敵，然而許多小說作品中虛構藝術的手法卻暗流洶湧，並未歇止。誠如《晉書》評《搜神記》云：「遂混虛實」，指出干寶《搜神記》在內容上混融了虛假與真實，亦即在創作中運用了虛構的手法。

總述魏晉時之虛實觀：

〔註2〕「稗史」見班固在《漢書·藝文志》所言：「小說家者流，蓋出於稗官……」（見《漢書》卷三十，鼎文書局，1984年，頁1747）。另劉知幾於《史通·雜述》將小說分成十類，「偏紀」即屬其中的一類（見《史通釋評》卷十，唐劉知幾著·清浦起龍譯·民呂思勉評，華世出版社，1981年，頁316至318）。

虛——指作品內容虛浮而論，如「驚所未聞、異所未見」、「怪力亂神」、「言多浮詭」、「非政聲所同」，均被擯斥為「虛構」（指作品虛浮、虛假，非指藝術虛構想像）之列。然其中「怪力亂神」又不包括所有談鬼說神的小說，乃指其中不見史書記載的作品而已。

實——只要作品是作者耳聞目睹，或有史書作憑，並與「政聲」諧調的，即使是虛構之作，理論上也認定是實錄的作品。如《漢武洞冥記》、《博物志》、《拾遺》所以遭斥表面上是因怪力亂神，然實際之因乃「非政聲所同」（郭憲〈漢武洞冥記序〉），其在作品中記載歷代帝王政治、生活等逸事，被認為有損帝王之尊嚴，故被冠上「虛構」、「惑亂於後生，繁蕪於耳目」（見王嘉〈拾遺記〉）之罪名。

綜觀魏晉時許多他界結構〔註 3〕的志怪小說，均有虛構手法的運用，如冥界結構的《冥祥記・趙泰》、仙鄉結構的《搜神後記・袁相根碩》、幻界結構的《甄異傳・秦樹》……等等，這些顯而易見的事實，卻被史傳、政治的框架所拘限，形成魏晉時代對小說獨特的詮品標準，在歷史、政治的雙重包袱下，小說並未得到公允的發展空間，反而成為史之附庸，不能堂而皇之地進入文學藝苑，所以魏晉虛實理論與小說創作的實際情況並不吻合，是其來有自的。

第二節　唐　代

唐傳奇無論在題材擇取、情節描寫、形象刻畫……等藝術層面上，較之六朝小說，均有長足之進步，一方面體現了志怪遺風；另一方面也反映了當代現實生活的人與事。對於虛構手法的運用，相對地也更為自覺而普遍，如〈任氏傳〉、〈柳毅傳〉中對鬼神的描寫，充滿著豐富的想像力；再如〈霍小玉傳〉裡黃衫客的出現，塑造了正義的形象；更有如〈長恨歌傳〉、〈虬髯客傳〉據史虛構者；而夢境結構的小說如〈枕中記〉、〈南柯太守傳〉更是巧設虛境，以寓警世之意；其他如〈元無有〉、〈張無是〉等篇自題名上看便知是虛構之作……，這些小說技巧的進步，正如胡應麟在《少室山房筆叢》云：「凡變異之談，盛於六朝，然多是傳錄訛舛，未必盡幻設語。至唐人乃作意好奇，假小說以寄筆端……」實揭示出小說創作在唐代的一大轉變。

〔註 3〕關於冥界結構、仙鄉結構、幻界結構之意義與分類，詳見於葉師慶炳〈六朝至唐代的他界結構小說〉台大中文學報第三期，頁 7 至 28。

　　然而唐傳奇作者仍未能擺脫實觀文學的影響，每每習慣於文末交代故事來源，對故事的時、地、經過歷歷指陳，以資信實。如：

> 李公佐〈南柯太守傳〉云：「公佐貞元十八年秋八月，自吳之洛，暫泊淮浦，偶覿淳于生棼，詢訪遺跡，翻覆再三，事皆摭實，輒編錄成傳，以資好事。」

> 陳玄祐〈離魂記〉言：「大曆末，遇萊蕪縣令張仲規，因備述其本末，鎰（故事中女主角倩娘之父）則仲規堂叔，而說極備悉，故記之。」

有些作者更現身說法，言自己曾與故事中主相交遊，所以得其事最詳。如：

> 許堯佐〈任氏傳〉言：「大曆中，沈既濟居鍾陵，嘗與釜遊，屢言其事，故最詳悉。」。

> 元稹〈鶯鶯傳〉亦云：「稹特與張厚，因徵其詞。」

　　雖有寫實的可能，然其主要用意是藉此以增故事的真實感。
在小說理論上更呈現相當保守的看法：古文運動的領袖韓愈雖宣稱小說「惡害于道」（見〈重答張籍書〉），並說自己也作「駁雜之說」（如韓愈所作的〈毛穎傳〉），且將小說納入闡發「聖人之道」〔註4〕的軌道中，然這些說法不僅混淆了小說與散文基本體裁的差異，更將小說推向「道濟天下之溺」的狹小詮解中，雖在某種程度上提昇小說的地位，然相對而言正顯現出批評界對小說藝術認知的貧瘠。

　　於是唐代小說中大量運用的虛構手法與彼時理論上肯定小說是實錄的想法，形成了有趣的糾結。批評家在如此的衝突中，提出了一個平衡的觀點，亦即小說內容無礙風化，有益名教，即使虛構也有現實意義；反之，那怕實錄，亦如妄誕。如劉知幾的《史通・雜述》自歷史學的眼光出發，把小說分成十類，並作具體評述，如評《西京雜記》、《瑣語》、《拾遺》等逸事小說云：「皆前史所遺，後人所記，求諸異說，為益實多。及妄者為之，則苟載傳聞，而無詮擇。由是真偽不別，是非相亂。如郭子橫之〈洞冥〉，王子年之〈拾遺〉，全構虛辭，用驚愚俗，此其為弊之甚者也。」對虛構之作紊亂史實，有撻伐之意；又評《世說》、《語林》、《談藪》等瑣言小說則云：「多載當時辨對，流俗嘲謔，俾夫樞機者藉為舌端，談話者將為口實」這些都於人長益，然其中

〔註4〕　「駁雜之說」與「聖人之道」見〈答張籍書〉（《韓昌黎文集》第二卷，河洛圖書出版社，1975年，頁77）。而所謂駁雜之說如愈所作之〈毛穎傳〉（見《韓昌黎文集》第八卷，同前，頁326至328）。

亦不乏「褻狎鄙言」的作品，則「無益風規，有傷名教」，與「實錄」精神就相違了；至於堪稱虛構之作的《志怪》、《搜神》、《幽明》《異苑》等雜記小說類，劉知幾則言「論神仙之道，則服食煉氣，可以益壽延年，語魑魅之途，則福善禍淫，可以懲惡觀善，斯則可矣」；考其評述的標準是「實錄」和「教化」兩項，未能直接切入小說虛構層次的探討，仍滯留在史學意義的判準上。

　　總括而言，唐人小說創作對虛實運用偏重於創作素材本身的奇、異，虛構手法更多體現在非現實人事的敘述中；而理論上仍不承認小說創作應該虛構，而轉向思想內容、教化意義的要求。

第三節　宋　元

　　宋元時說書事業極為發達，並因說書性質不同而分為四家：小說、說鐵騎、說經、講史，此時話本為了說唱的需要，除了內容要合於情理的鋪敘外，更要掌握特殊的衝突點，作淋漓盡致的發揮。在如此情況下，如何把值得演化的史料，或奇異的社會逸事，透過虛構的藝術手段強化其趣味性，也相形重要！因為只有如此才能抓住觀眾，達到「使席上風生，不枉教座間星拱」（見羅燁《醉翁談錄·舌耕敘錄》「小說開闢」）的目的。故具有現實意義的虛構藝術，也逐漸被肯定與探討，如羅燁《醉翁談錄》言：「小說者，但隨意據事演說」、「風月須知，只在唇吻之上」、「舉斷模按，師表規模，靠敷演令看官清耳目」、「敷演處有規模、有收拾」、「熱鬧處敷演得越久長」、「只憑三寸舌」、「略糰萬餘言」，其提到小說「敷演」的特點，即已認識到小說虛構的存在。又如吳自牧在《夢梁錄》，「小說講經史」一條中提出：「蓋小說者，能講一朝一代故事，頃刻間捏合」，其所謂「捏合」，也包含了一定的虛構意義。洪邁亦認為，志怪小說雖「耳目相接，皆表表有依據」，但實質上是虛擬的，只能「往見烏有先生而問之」（見〈夷堅志序〉）。這些言論不單單涉及「話本」的特性，更將說話人所運用的虛構、集中、概括的技巧標舉出來，這顯示出多層的意義：

　　第一、宋元小說批評家在理論上肯定小說虛構併加以探討。

　　第二、小說創作的虛構引起人們極大的興趣，小說家（包括說話人）敢於運用虛構藝術的才能，納史入「小道」，以「不登大雅之堂」的形式，評說千秋歷史帝王將相的功過，或逞能敷演耳聞目睹之逸事。

第三、小說的天地因而得以拓展馳騁，虛構藝術之經驗得以積累。〔註5〕

宋元時的說書事業給予虛構藝術極龐大的發展空間。其中講史一項更引起歷史眞實與藝術眞實的爭辯：講史家們在敷演故事情節時，並不一定拘泥於歷史記載的素材，追求眞人眞事；他們往往擷取某些重大事件和事實經過的大綱節略，加以補充和發揮。例如《五代史平話》在重大事件上還是依據正史，但是一講到具體故事的情節發展，就作了很多創造性的加工，這種描寫都出於說話人的想像和虛構；再如灌園耐得翁《都城紀勝》曾說當時影戲的話本「與講史書者頗同，大抵眞假相半」即爲運用虛構手法的印證。故羅燁等批評家雖然不曾專題討論虛構，然而他們對於說話人技巧的稱讚，已經透露出對虛構藝術某種程度的認知。

然而當說話人透過講史此種文藝形式，擺脫歷史研究的法則，將歷史人物理想化、誇張化、典型化的同時，小說批評家們仍未擺脫「實錄」的枷鎖，如羅燁主張小說：「皆有所據，不敢謬言。……言非無根，聽之有益」、「所業歷歷可書，其事班班可紀。乃見典墳道蘊，經籍旨深」（見《醉翁談錄》）。他們仍強調小說在敷演、捏合的同時，必須「謹按史書」、「總依故事」，亦即所述的主要事件如人物必得有所本，或爲正史、野史之記載，或以生活中眞人眞事作爲小說的核心情節。

理論與創作再度存著落差，然不可認否認的是——宋元時對虛構的探索，已邁出步伐。

第四節　明　清

明清是我國小說發展的黃金時代。不論是文言或是白話小說發展均呈現蓬勃的氣勢。對於小說定位的思考及小說藝術技巧的反省，亦愈臻縝密。探討的深度與廣度，更形成中國小說獨特的理論內涵。這些理論或見於小說評點、序跋、專論中，然無論其以何種形式出現，均可慢慢逆溯小說評論者與小說內容相應的情感，且可明瞭其對小說獨到的洞見，雖無法形成小說理論與小說創作互爲指導的關係，然獨樹一幟的評論方式，亦有可觀之處。

試就明清兩代論及「虛實」的部分加以整理，主要有兩方面的探討：一

〔註5〕此三點引用方正耀〈古代小說批評中的「虛構」論〉之觀點。期刊《古代文學理論研究》第十二輯，上海古籍出版社，1988 年，頁 267、268。

為題材虛實的爭辯——這項爭辯起源已久，前面所提之「實錄觀」又再度出現影響力，小說理論家們對「小說」與「史」的分判，各執隅隙，形成歷史演義小說曖昧不明的定位。二是藝術虛實技巧的探討——到底如何運用虛實才能達致最佳的效果？或者其客觀的效果如何？或者小說家創作時運用虛實的動機為何？明清小說評論家均有涉及。

一、**題材虛實的爭辯**（歷史小說的虛實問題）

　　長久以來崇實文學思想主導著小說理論家們的思維領域，真正要跳脫史傳對小說的影響，並非易事。明清時的小說界又再度陷入爭執的漩渦中。

　　（一）明弘治七年，蔣大器（庸愚子）〈三國志通俗演義序〉云：「夫史，非獨紀歷代之事，蓋欲昭往昔之盛衰，鑒君臣之善惡，載政事之得失，觀人才之吉凶，知邦家之休戚，以至寒暑、災祥、褒貶、予奪，無一而不筆之者，有義存焉。」（明嘉靖元年刊本，中央圖書館善本書室藏）又云《三國志通俗演義》書成「士君子之好事者，爭相謄錄，以便觀覽，則三國之盛衰治亂，人物之出處臧否，一開卷，千百載之事，豁然於心胸矣。」（同前）將歷史小說的社會作用與史書同列，同樣達到「勸懲警懼」、「合天理，正彝倫」的目的。

　　又言：「東原羅貫中，以平陽陳壽傳，考諸國史，自漢靈帝中平元年，終于晉太康元年之事，留心損益，目之『三國志通俗演義』。文不甚深，言不甚俗；事紀其實，亦庶幾乎史。」、「其間亦未免一二過與不及，俯而就之，欲觀者有所進益焉。」（同前）這裡提出歷史小說與歷史的分判問題，所謂「留心損益」、「事紀其實」，也就是在依據史實的前提下，按故事情節和主題需要，對史料進行剪裁，並據史虛構，所呈現出的歷史小說不該是原始史料的重複，而是架構在歷史基材上的創作。

　　（二）明正德三年，林瀚所寫的〈隋唐志傳序〉云：「以是編為正史之補，冀他人勿第以稗官野史目之。」（清康熙三四年，長州褚氏四雪草堂刊本，中央圖書館善本書室藏）承繼小說為史之支流的觀念，藉史之立場提昇小說的地位，將「小說」與「稗官野史」嚴分壁壘。

　　（三）明嘉靖元年，張尚德（修髯子）〈三國志通俗演義引〉又再度討論到《三國演義》的寫作特質，認為《三國演義》事實上只是好事者「以俗近語隱括（史志）成編」（明嘉靖元年刊本，中央圖書館善本書室藏），將《三國》直指為史傳的淺譯。又云小說的寫作應「羽翼信史而不違」（同前），把

小說的角色框限在「正史之補」的地位。

（四）明嘉靖間，熊大木（鍾谷子）〈新鐫大宋中興通俗演義序〉：「至于小說與本傳互有同異者，兩存之以備參考。或謂小說不可紊之以正史，余深服其論。然而稗官野史實記正史之未備，若使的以事跡顯然不泯者得錄，則是書竟難以成野史之餘意矣。……質是而論之，則史書與小說有不同者，無足怪矣。」（《新鐫大宋中興通俗演義》，明嘉靖三十一年，楊氏清白堂刊本，天一出版社，1985 年）熊氏雖認清了正史與稗官野史（小說）之不同，然卻將寫作對象限制在「正史所未備」的範圍內，這種觀點仍前承小說為史之餘緒的立場。熊氏較為進步的一點是：認為小說寫作雖以史書為據，然卻可留存異說與作者的臆想。

（五）明嘉靖間，李大年〈唐書志傳通俗演義序〉：「雖出其一臆之見於坊間，《三國志》、《水滸傳》相倣，未必無可取。……惜乎全文有欠歷年實跡，未克顯明其事實，致善觀是書者見哂焉。」（《唐書志傳通俗演義》，楊氏清江堂刊本，天一出版社，1985 年）雖肯定演義有其可觀之處，然亦以不盡合乎史實責之。

（六）明萬曆三十五年，王圻〈稗史彙編引〉：「正史所不能盡者，則山林藪澤之士，復搜綴遺文別成一家言，而目之曰小說，又所以羽翼正史也者」（《筆記小說大觀》第三編第四冊，新興書局編，頁 2083）認為小說所記雖零碎瑣屑，有別於正史之系統條理，然其寄寓勸懲、拓廣見聞的教化功能，存史實、備異說的補足功能，均可與正史並轡而馳。可知王氏乃視小說為史的沿伸。

（七）明萬曆四十年，甄偉〈西漢通俗演義序〉：「遂因略以致詳，考史以廣義……言雖俗而不失其正，義雖淺而不乖於理，詔表辭賦，模仿漢作；詩文論斷，隨題取義。使劉項之強弱，楚漢之興亡，一展卷而悉在目中。」（《歷代小說序跋選注》，文鏡出版社，1984 年，頁 94）認為歷史小說雖是「補正未盡」（同前），然如果「字字句句與史盡合，則此書又不必作矣」（同前），承認其有虛構空間。

（八）明萬曆四十三年，陳繼儒〈春秋列國志敘〉卻云：「循名稽實，亦足補經史之所未賅」、「與經史並傳可也」（《新鐫陳眉公先生評點春秋列國志傳》，萬曆四十三年刊本，天一出版社，1985 年）不承認小說藝術虛構的作用，仍不離史學觀點的範限。

（九）明崇禎間，袁于令（吉衣主人）〈隋史遺文序〉云：「正史以紀事，紀事者何，傳信也。遺史以蒐逸，蒐逸者何，傳奇也。傳信者貴真，……如

道子寫生，面奇逼肖；傳奇者貴幻，……如陽羨書生，恍惚不可方物。」（《劍嘯閣批評秘本出像隋史遺文》，明崇禎六年自序刊本，天一出版社，1985 年）正史以傳信記實為貴，遺史以傳奇幻化為妙，兩者在寫作時有不同的準則；正史必須事事確鑿，而小說遺史卻擁有想像的特性，海闊天空，以虛構的手法描摹具體生動的情節、栩栩如生的人物。故演義小說對於史材的擇取可「悉為更易，可仍則仍，可削則削，宜增者大為增之」（同前），如此一來飄忽紙上的人物，才得「凜凜生氣，溢于毫楮，十之七皆史所未備者」（同前），對於「歷史眞實」、「藝術眞實」的區別更深一層。

（十）清康熙年間，毛宗崗〈讀三國志法〉云：「讀《三國》勝讀《西遊記》。《西遊》捏造妖魔之事，誕而不經，不若《三國》實敘帝王之實，眞而可考也。」（《貫華堂第一才子書》，康熙年刊本之朝鮮刊本，中央圖書館善本書室藏）毛氏認為歷史小說的特點和優點就是「據實指陳，非屬臆造」（見〈三國演義序〉，同前），亦即「實敘帝王之實，眞而可考」，仍不能擺脫歷史小說應作實錄觀的影響。

（十一）清康熙三十四年，褚人獲〈隋唐演義序〉云：「昔人以通鑑為古今大帳簿，斯固然矣。第既有總記之大帳簿，又當有雜記之小帳簿，此歷朝傳志演義諸書所以不廢於世也。」、「其間闕略者補之，零星者刪之，更採當時奇趣雅韻之事點染之」（《歷代小說序跋選注》，文鏡出版社，1984 年，頁207）「大帳簿」即指正史；「小帳簿」即指記載「奇趣雅韻之事」的傳說、軼聞、故事等等。褚氏認為「小帳簿」所敘應與正史同樣「不廢於世」，將歷史小說自正史附庸的地位抽離出來，且對歷史小說的文學特性加以澄清。

（十二）清乾隆年間，章學誠《丙辰箚記》：「凡衍義之書，如《列國志》、《東西漢》、《說唐》、及《南北宋》，多紀實事；《西遊記》、《金瓶梅》之類，全馮虛構，皆無傷也。唯《三國演義》則七分實事，三分虛構，以致觀者往往為所惑亂。如桃園等事，士大夫有作故事用者矣。故衍義之屬，雖無當於著述之倫，然流俗耳目漸染，實有益於勸懲。但須實則概從其實，虛則明著寓言，不可錯雜如《三國》之淆人耳。」（《丙辰箚記》，聚學軒叢書，第七函，第 33 冊，藝文印書館）章氏認為歷史小說不應「虛實相揉」以改寫歷史眞象，他並予虛實相混的《三國》極低的評價。然細考《列國志》此書亦多攙神怪，〔註6〕故章氏雖將「紀實」與「虛構」嚴加區分，但分類的基準卻模糊

〔註 6〕萬曆三十四年，余邵魚在〈題全像列國志觀引〉中云：「故繼諸史而作《列

游移，同時也忽略了歷史小說「據史虛構」的特質。

（十三）清乾隆十七年，蔡元放〈東周列國志序〉云：「稗官固亦史之支流，特更演繹其詞耳。善讀稗官者，亦可進於讀史，故古人不廢。」（《歷代小說序跋選注》，文鏡出版社，1984年，頁258）又於〈東周列國志讀法〉云：「《列國志》與別本小說不同。……有一件說一件，有一句說一句，連記實事也記不了，那裡還有功夫去添造。故讀《列國志》，全要把作正史看，莫作小說一例看了。」（同前，頁 263）蔡氏之說，又回復到歷史小說是羽翼信史的看法，將歷史小說視爲正史的演繹。

（十四）清末，吳沃堯〈兩晉演義序〉：「撰歷史小說者，當以發明正史事實爲宗旨，以借古鑒今爲誘導，不可過涉虛誕，與正史相刺謬，尤不可張冠李戴，以別朝之事實，牽率屬入，遺誤閱者云云。」（《歷代小說序跋選注》，文鏡出版社，1984 年，頁 392）吳氏所揭示者乃是歷史小說的創作宗旨與原則，亦即歷史演義以鋪展史實史料爲基本宗旨，在此前提下，作者再施展其結構技巧、語言技藝。

總結而論，我們可以發覺歷來所謂題材虛實的問題，大多交集於歷史小說上，也就是說「歷史小說如何定位」？要澄清這個問題的眞象，必得了解「小說」與「歷史」的分判：「史書」所記之時間、地點、人物、事件往往是有所據而載錄下來的；反觀「小說」所記之時間、地點、人名、事件往往是經過作者改造，而重新以新的面目問世，小說家創作有可能以實有的人情事故爲底本，或者以歷史史料爲素材，然是允許虛構臆造的。而歷史小說因涉及歷史眞象、歷史人物的重構，更因歷史小說攸關社會教化的推動，歷史眞象的再認知，故小說批評家不得不以戰戰兢兢、小心翼翼的心態去面對，深恐歷史小說又入於「小道」之流，吳秀明曾於〈在歷史與小說之間〉文中提及歷史小說應有歷史眞實的映現，故歷史小說的寫作不同於一般小說，他舉陳了以下幾點原則：

國傳》，起自武王伐紂，迄於秦併六國，編年取去麟經，紀事一據事實。凡英君銀將，七雄五霸，平生履歷，莫不謹按五經，並《左傳》、《十七史綱目》、《通鑑》、《戰國策》、《吳越春秋》等書，而逐類分沉。」另余象斗於萬曆四十六年〈題列國序〉亦云：「于是旁搜列國之史實，載閱諸家之筆記，條之以理，演之以文，編之以序。胤商室之式微，坦周朝之不臘，炯若日星，燦若指掌……比類而理，毫無舛錯。」均標榜《列國志》是據實而編。然馮夢龍卻認爲余氏之書仍充滿了神怪之談、未曲盡史實，故重編成《新列國志》。

1. 主要歷史事件，特別是發生過重大影響的歷史事件，應有基本的歷史依據。
2. 主要歷史人物的基本思想、性格特徵，應儘量符合歷史真實。
3. 對當時典型的環境，包括時代氣氛、生活風尚等，須力求真實。
4. 根據故事情節的需要而虛構之人與事，也應是當時歷史環境下可能產生的，能合情合理的。〔註7〕

事實上綜觀明清諸家所論，「據史虛構」的主張為數不少，亦即認為歷史小說要有一定的史實依據，且在此基礎上進行藝術虛構，這是符合歷史小說創作概況的。

再進一步思考，如果把「小說」當主體來探討，「歷史」事實上只是一種理念下的材料，用多用少，改多改少，均處於被動者的角色。正如謝肇淛在《五雜俎》卷十五・事部三中所云：「小說野俚諸書，稗官所不載者，雖極幻妄無當，然亦有至理存焉」、「事太實則近腐，可以悅里巷小兒，而不足為士君子道也」、「凡為小說及雜劇戲文，須是虛實相半，方為游戲三昧之筆。亦要情景造極而止，不必問其有無也。」、「必事事考之正史，年月不合，姓字不同，不敢作也。如此，則看史傳足矣，何名為戲？」，把小說及戲劇的地位完全獨立出來，不再附屬於歷史，小說或是戲劇的創作者可以擁有自主權，即使是歷史小說、歷史戲也享有虛構的空間。舉例而論，《三國演義》為了強調擁劉反曹〔註8〕的思想傾向，一方面把劉備塑造成仁厚之君，另一方面把曹操寫得大奸特惡，在很多的細節描繪上是悖離史實的，然在讀者心目中卻是活脫脫的人物典型，所達致的藝術真實遠遠超過了歷史真實，如此的效果誠然會模糊了歷史的本質，然對小說而言，「虛構」卻造就更寬廣的寫作空間，有了自由的空間，藝術的感染力才可能深厚。

我們所要的歷史小說不是歷史真象的還原，而是藝術真實的呈現，在現代創作歷史小說，「虛構」已成必然，如高陽所作的一系列歷史小說即是如此，讀者不能將之與歷史真象等同，而應視之為小說創作，在讀者有如此的認知基礎上，所有歷史小說的功與過，應可灰飛湮滅。

〔註7〕見期刊「文藝理論研究」，1986年3月，頁8。
〔註8〕關於《三國演義》一書的主題思想，歷來各家討論甚多，據沈伯俊〈《三國演義》討論近況〉一文所整理者有「謳歌封建賢才說」、「悲劇說」、「總結爭奪政權經驗說」、「分合說」、「擁劉反曹說」、「歌頌忠義說」等等。(見期刊「中國古代、近代文學研究」，1988年4月，頁189至190)

二、藝術虛實技巧的探討

　　此項藝術虛實技巧的探討，實與題材虛實有密不可分的關係，往往小說理論家會自題材虛實的層面沿伸至藝術虛實的思考，故此處引文往往重疊涉及「題材虛實」與「藝術虛實」，筆者擬就其「藝術虛實」此項加以釐清。此部分以葉晝為討論的起點，因其可說是明清兩代小說蓬勃發展時的理論先驅，對小說虛構性與真實性有較清晰的概括與認知，接著再引述李贄的評語，以及馮夢龍、凌濛初、袁于令、笑花主人……於小說序文中，還有胡應麟、謝肇淛於筆記中，種種有關小說虛實理論的論點。

　　（一）明萬曆三十八年，葉晝評《水滸傳》〔註 9〕（《李卓吾先生批評忠義水滸傳》，明容與堂刊本，天一出版社，1985 年）云：

> 《水滸傳》事節都是假的，說來卻似逼真，所以為妙。常見近來文集，乃有真事說做假者，真鈍漢也！何與施耐庵、羅貫中作奴。（第一回回末總評）

> 《水滸傳》文字原是假的，只為他描寫得真情出，所以便可與天地相終始。即此回中李小二夫妻兩人情事，咄咄如畫，若到後來混天陣處都假了，費盡苦心，亦不好看。（第十回回末總評）

> 天下文章當以趣為第一。既是趣了，何必實有其事，並實有其人？若一一推究如何如何，豈不令人笑殺？（第五十三回回末總評）

> 《水滸傳》文字不好處只在說夢、說怪、說陣處，其妙處都在人情物理上，人亦知之否？」（第九十七回回末總評）

> 世上先有《水滸傳》一部，然後施耐庵、羅貫中借筆墨拈出，若夫姓某名某，不過劈空捏造，以實其事耳。（《水滸傳一百回文字優劣》）

葉晝對小說虛構性的體認甚深，如其所云「《水滸傳》事節都是假的」、「《水滸傳》文字原是假的」、「何必實有其事，並實有其人」、「劈空捏造」等批語，即把已成文本的小說虛構性點明，澄清小說世界是作者想像馳騁的園地，作者的主觀認知掌控了情節的安排，也緊繫小說藝術真實的存在與否。如何在架空的樓閣中，寫出有血有肉、具真實感的人物，或者栩栩如生的真境實景，

〔註 9〕關於葉晝評點容與堂刊一百回本水滸傳、李贄評點袁無涯刊本水滸傳，葉朗先生於〈葉晝評點水滸傳考證〉文中，有詳實的考證，此處採信其說。該文見於《中國小說美學》附錄，頁 351 至 381，里仁書局出版，1987 年。

其實是對生活愈有深刻感受的人，益能將其中的「人情物理」入墨。

故葉畫在第十回回末總評中（見前引文）仔細區別了兩種「假」：〔註10〕

假 ┬ 指藝術虛構，其言「劈空捏造」，相對於「實有其事」、「實有其人」。
　　｜ 例如他說「《水滸傳》文字假原是假的」，即指《水滸傳》有用到
　　｜ 藝術虛構的手法。
　　└ 指表現虛假，是相對於「人情物理」而言的假。

例如他說「到後來混天陣處都假了」，是指此段描寫予人完全虛假、毫無
生命力的感覺。

小說可以有藝術虛構手法，然不可出現虛假的藝術效果。

另在葉畫在第五十三回回末總評（見前引文），亦將小說真實性和生活實
錄作了明確的區分：

實 ┬ 小說真實：與藝術真實等同，葉畫強調小說的藝術真實要予人「趣」
　　｜ 之感受。
　　└ 生活真實：即指「實有其事」、「實有其人」。

（二）明萬曆三十九年，李贄評點《水滸傳》提出「語與事俱逼真」、「妙
處只是個情事逼真」、「光景口腔都像」、「時候風俗，無不寫真」、「只是個寫
得像」、「閑話都逼真，卻又不閑」、「極好笑科諢，卻是極真實事情」、「摹寫
地方好事閑漢的情狀甚像」、「許多顛播的話，只是個像，像情像事，文章所
謂肖題，畫家所謂傳神也」（見《李卓吾批評忠義水滸傳全書》，明郁郁堂本
【即袁無涯本】，天一出版社，1985年）等等，均是以「逼真」、「傳神」、「摹
神」作為評價小說的最基本的美學標準。李贄所用的評語實與藝術真實等同，
並以之作為小說描寫技巧的判準。

（三）明萬曆年間，謝肇淛《五雜俎》卷十五·事部三云：「凡為小說及
雜劇戲文，須是虛實相半，方為遊戲三昧之筆，亦要情景造極而至，不必問
其有無也。」（《五雜俎》，偉文圖書有限公司，1977年，頁396）謝氏認為小
說及雜劇戲文，不必為史材所限，應可加入自己虛構的想像力，並著眼於藝
術形象的完美，而不必以考據的眼光責其有無。

（四）明胡應麟《少室山房筆叢》：「說主風刺箴規，而浮誕怪迂之錄附

─────────────────────
〔註10〕兩種「假」、兩種「實」的區別參考葉朗《中國小說美學》，里仁書局出版，
　　　　1987年，頁37、38。

之」（《少室山房筆叢》「九流緒論」上，楊家駱主編，世界書局印行，1963 年，頁 345）、「而古今書籍，小說家獨傳。何以故哉？怪力亂神，俗流喜道，而亦博物所珍也；玄虛廣莫，好事偏攻，而亦洽聞所昵也」（同前，「九流緒論」下，頁 374）、「小說者流，或騷人墨客，游戲筆端；或奇士洽人，蒐夢宇外，紀述見聞，無所迴忌；覃研理道，務極幽深。其善者，足以備經解之異同，存史官之討覈，總之有補于世，無害于時。」（同前，「九流緒論下，頁 375）胡氏基本上仍承續班固「說出稗官」的看法，然其對小說虛構性質的認識，卻又遠超過劉知幾的實錄小說觀，如云小說有「玄虛廣莫」、「游戲筆端」、「蒐夢宇外」等特性，即承認小說的「虛」、「幻」、「假」，對小說的認知，無疑地是漸漸接近小說的本質了。

（五）明泰昌元年，張無咎（明末人，生卒年不詳）《三遂平妖傳序》：「小說家以眞爲正，以幻爲奇。然語有之『畫鬼易，畫人難』，《西遊》幻極矣，所以不逮《水滸》者，人鬼之分也。鬼而不人，第可以資齒牙，不可動肝肺。《三國志》人矣，描寫亦工，所不足者幻耳。……（《平妖傳》）始終結構，有原有委，備人鬼之態，兼眞幻之長。」（《天許齋批點北宋三遂平妖傳》，明泰昌元年刊本，北京大學出版社，1985 年，頁 141）姑不論張氏評《西遊》、《三國志》、《三遂平妖傳》之論點是否客觀，其能以三本不同特質的小說來證明「眞幻」相合之理，是十分難能可貴的。同時他揭示小說創作如果過幻，則感染力降低；如過實，則工整無趣，必須「眞幻」相合，才可造就出小說的極致，張氏此論與謝肇淛「虛實相半」之理同。

（六）天啓間，馮夢龍（無礙居士）《警世通言序》：「野史盡眞乎？曰：不必也。盡贗乎？曰：不必也。然則，去其贗而存其眞乎？曰：不必也。……人不必有其事，事不必麗其人。其眞者可以補金匱石室之遺，而贗者亦必有一番激揚勸誘，悲歌感慨之意。事眞而理不贗，即事贗而理亦眞，不害于風化，不謬于聖賢，不戾于詩書經史，若此者其可廢乎？」（《馮夢龍全集》，上海古籍出版社，1993 年，頁 1、5、6）馮氏首先澄清小說已然具有的虛構性質，認爲「人」「事」之眞假，並非小說創作的圭臬，因其「眞」自可爲史之補充，然其「假」之寓意，亦有教化作用，重要的是「事眞」「事贗」均不該悖離「理眞」而存在。馮氏將小說的藝術的感染力，聚焦在「理」的眞贗角度來詮衡，可說觸及了藝術眞實的本質核心。

馮夢龍的說法：小說中虛構的人和事，同樣可以表現眞實的「理」，這些

說法和葉晝的思想是相似的。但二人也有不同處：葉晝說的「理」，著眼於社會生活的情理，而馮夢龍說的「理」，多少還是指聖賢之「理」。〔註11〕

　　（七）明崇禎年間，凌濛初（空觀主人）〈初刻拍案驚奇序〉：「今之人，但知耳目之外，牛鬼蛇神之爲奇，而不知耳目之內，日用起居，其爲譎詭幻怪非可以常理測者固多也。……則所謂必向耳目之外索譎詭幻怪以爲奇，贅矣。」（《初刻拍案驚奇》，岳麓書社出版，1993年，頁1）凌氏首先把「奇」、「幻」的視野從神鬼世界回收到人間世界，他批評了以「牛鬼蛇神」之奇爲「奇」、「幻」的偏狹觀念，他認爲眞正的「奇」、「幻」應在「耳目之內」、「日用起居」之中，亦即「奇」、「幻」存在於現實生活中。〔註12〕

　　凌氏提出將「奇」、「幻」回歸於日常生活中的意見，事實上是針對時弊而立論。彼時神魔小說有愈演愈盛之勢，而小說評論家對「虛實」、「眞幻」又不斷不斷地辯證廓清，「小說虛構」反而以一種必須者之姿出現，然而在人們並未眞正認清所謂小說虛構的本質、來源的同時，神魔小說大量出現，使得人們誤以爲神鬼世界的塑造，即是虛構的極致，而眞正的生活本質反倒被人忽略了。人情小說亦可加以幻化的特性，完全被掩蓋在一片神魔之風中。故凌氏所言實敏銳地把握到中國古典小說應從英雄傳奇、神魔靈異轉向人情小說的歷史趨勢。

　　（八）明崇禎間，睡鄉居士（姓名、生卒不詳）〈二刻拍案驚奇序〉中亦有云：「失眞之病起于好奇，知奇之爲奇，而不知無奇之所以爲奇，舍目前可紀之事，而馳騖于不論不議之鄉」（《二刻拍案驚奇》，崇禎五年，尚友堂刊後修本，天一出版社，1985年）充分體認虛構的著力點不應只是搜奇獵怪，作者自身的觀察能力、幻化能力，才是化平凡爲神奇的靈藥，如此一來，「虛構」即擺脫題材決定論的束縛，在小說家筆下所有或眞、或幻的題材皆可成篇，皆可達致「奇」的效果。

　　（九）明崇禎時，笑花主人（姓名、生卒不詳）〈今古奇觀序〉：「故夫天下之眞奇，在未有不出于庸常者也。仁義禮智，謂之常心；忠孝節烈，謂之常行；善惡果報，謂之常理；聖賢豪傑，謂之常人。然常心不多葆，常行不多修，常理不多顯，常人不多見，則相與驚而道之。聞者或悲或嘆，或喜或愕。其善者知勸，而不善者亦有所慚惡悚惕，以共成風化之美。則夫動人以

〔註11〕同註1，頁38。

〔註12〕引自李惠明〈明清小說創作眞實論初探〉，見期刊「文藝理論研究」，1990年4月，頁44。

至奇者，乃訓人以至常者也。」（《歷代小說序跋選注》，文鏡出版社，1984年，頁180）「奇」與「常」是一組相對應的概念，然笑花主人卻體認到「至奇」之所以動人，實是常情常理的深刻映現，小說家應當善於從日常事件中挖掘出能夠表現生活本質特徵的材料來，這些材料才是真正的「奇」。這種在創作方法上返「奇」歸「常」的觀念，的確是虛實論中深刻的見解。

（十）明崇禎間，袁于令（慢亭過客）《西遊記題辭》云：「文不幻不文，幻不極不幻。是知天下極幻之事乃極真之事，極幻之理，乃極真之理。」（《李卓吾先生批評西遊記》，明刊大字本，天一出版社，1985年）袁于令把「真」、「幻」結合的重要性提高了，指出小說不幻就不是小說，亦即小說必得透過「藝術虛構」（幻）之手段，以達到「藝術真實」（真），且「藝術虛構」之手段必須運用巧妙，才可能呈現「藝術真實」。袁氏以對立的兩面來論述「真」「幻」之理，然卻足見其對小說虛實論點的卓特反省。

（十一）明末清初，金聖嘆〈讀第五才子書法〉：「七十回中許多事跡，須知都是作書人憑空造謊出來。」（《金聖嘆全集》第一冊，長安出版社，1986年）「一百八人、七十卷書都無實事」（同前，第十三回批語）把小說與實錄加以區別。又云：「《史記》是以文運事，《水滸》是因文生事。以文運事，是先有事生成如此如此，卻要算計出一篇文字來，雖是史公高才，也畢竟是吃苦事；因文生事卻不然，只是順著筆性去，削高補低都由我。」（同前，〈讀第五才子書法〉）這段更道出歷史著作所要求的真實性與小說作為文藝樣式所要求的真實性是根本不相同的。

（十二）天花才子（姓名、生卒不詳）《快心編》凡例云：「是編皆從世情上寫來，件件逼真」、「是編悲歡離合變幻處，實實有之」、「編中點染世態人情，如澄水鑒形，絲毫無遁」（《快心編》，課花書屋藏版，清刊本，天一出版社，1985年）明清世情小說勃興的景狀在此可見一斑，並可看出世情小說亦可透過「虛構」的手法以臻「逼真」之境。

（十三）清康熙二十三年，金豐（生卒不詳）〈說岳全傳序〉：「從來創作者不宜盡出於虛，而亦不必盡由於實。苟事事皆虛，則過於荒誕，而無以服考古之心；事事忠實，則失於平庸，而無以動一時之聽。」（《歷代小說序跋選注》，文鏡出版社，1984年，頁192）金豐主虛實相生並存，才可將小說的效果發散出來。如果偏於虛，則易流於荒誕浮夸，走入神魔小說之類，無法與人情至理相結合；如拘於實，則板重而無生氣。

　　（十四）清乾隆年間，脂硯齋（姓名、生卒不詳）《紅樓夢》評點：「形容一事，一事畢眞，《石頭》是第一能手矣。」（庚辰本第十九回雙行批註）可見脂硯齋對小說眞實性的重視。又如第二十九回開頭有一段批語：「清虛觀，賈母、鳳姐本意大適意大快樂，偏寫出多少小不適意的事來，此亦天然至情至理，必有之事。」（庚辰本第二十九回雙行批註），以及第二回寫林如海「乃是前科一探花，今已升至蘭台寺大夫」。脂硯齋批道：「官制半遵古名亦好。余最喜此等半有半無，半古半今，事之所無，理之必有，極幻極玄，荒唐不經之處。」（甲戌本第二回眉批）【援引《新編石頭記脂硯齋評語輯》，陳慶浩編，聯經出版社，1986 年】這些批語顯現出脂硯齋受了葉晝、金聖嘆、張竹坡等人看法的影響，認爲藝術的眞實性就是寫出「眞情」、寫出「人情物理」，而並非「實有其事」、「實有其人」的考據派。其言「事之所無，理之必有」（甲戌本第二回眉批）即認爲藝術作品不同於生活實錄，它可以描寫生活中非實際發生過的事情（事之所無），但必須合情合理，合乎生活本身的必然性、規律性（理之必有）。這些觀念與馮夢龍所言「事眞而理不贋，即事贋而理亦眞」，以及金聖嘆「未必然之文，又必定然之事」有相承的脈絡。

　　對於藝術虛實技巧的探討，雖仍未擺脫題材虛實的牽扯，然我們可以明顯的發覺到崇實反虛的觀念，已經漸漸被摒除在小說創作的領域外，人們接受小說應有虛構成分的事實，並以自己對小說的了解去尋繹虛實的概念內涵，故許多一組組互爲對應的理性概念，在明清小說理論批評中常常出現，如虛←→實、奇←→正、奇←→常、眞←→假、眞←→幻、眞←→飾、眞←→贋等等，這幾組概念所指涉的對象與範圍雖有不同，但它們基本的涵義則是相同的。且在虛實辯證的過程中，我們可以體會到文學規律的存在，亦即由「崇實反虛論」而反動出「崇虛貶實論」，再進而提出「虛實並存論」，接著完成「虛實統一論」，〔註 13〕將小說自歷史的旁支庶出眞正回歸到美學範疇，並且對小說所擁有的藝術特質進行檢視。

第五節　小　結

　　綜觀歷代小說虛實論的演進可分爲幾個思潮：崇實反虛論、崇虛貶實論、

〔註13〕崇實反虛論、崇虛貶實論、虛實並存論、虛實統一論等名詞引自謝昕、羊列容、周啓志所著的《中國通俗小說理論綱要》，文津出版社，1992 年，頁 183。

虛實並存論、虛實統一論。當然，這幾個論題的發展往往有重疊模糊之處，更有往來回復的現象，但思潮的脈絡，仍是相當清楚的。

一、崇實反虛論

首先，崇實反虛在小說演進過程中占了很長的歷程，由漢而至魏晉、唐朝，甚至到清朝仍有餘緒存在，細究其因是崇實文學觀主導文學走向的關係。此時小說雖有明顯的虛構手法，但評論家卻仍止於內容虛浮的認識，而對於「實」的界定亦顯得標準不一，對於鬼神的描繪只要有史書或者先賢典籍爲憑恃，仍可稱爲「實錄」，對於小說眞正本質的觸及，仍有一大段距離。這種模棱兩可的「實錄」標準，甚至影響至清季，如俞曲園《茶香室叢鈔》、《茶香室叢續鈔》、《茶香室三鈔》〔註 14〕本是輯錄各種書籍中的罕見異聞，其中不乏虛構無稽之談，俞氏卻一一爲之作按，詳加舉證，譬如《三遂平妖傳》中的嚴三點人物，認爲是「未始無本」；且將《水滸傳》中宋江等三十六人的事跡、《西遊記》裡玄奘西域取經之事均做了考證（見《茶香室叢鈔》）。另外晚清時對於《紅樓夢》的索隱，所謂「某人隱某人，某事隱某事」，均是受崇實論的影響。〔註 15〕

到了南宋吳自牧提出「捏合」及羅燁的「敷演」，已隱約認知到虛構手法的存在了，對於崇實反虛論總算有了突破的開端。但接下來對歷史演義小說長期的爭辯，卻使得許多理論家們的立場顯得搖擺不定，如明代胡應麟對小說「幻設」有清楚的認識，然論及《三國演義》時也落入了實錄的框架了，其云：「案《三國志・羽傳》及裴松之註，及《通鑒》、《綱目》，並無其文，演義何所據哉？」（見《少室山房筆叢・莊岳委談》）又如明代馮夢龍主張創作可以「人不必有其事，事不必麗其人」（見〈警世通言序〉）可說認識小說創作虛構的一面，然其在《新列國志》〔註 16〕的創作上卻表現出明顯的崇實思想：「本諸《左》、《史》，旁及諸書，考核甚詳，搜羅極富，雖敷演不無增添，形容不無潤色，而大要不敢盡違其實」（可觀道人〈新列國志序〉），〔註

〔註 14〕 於俞樾《茶香室叢鈔》、《茶香室續鈔》、《茶香室三鈔》可見《筆記小說大觀二十三編》之第五、六、七冊，新興書局編。

〔註 15〕 索隱派各家對《紅樓夢》主題探索、作者考辨、人物影涉之意見可詳見《石頭記索隱》一書，蔡元培等著，金楓出版社，1987 年。

〔註 16〕 《新列國志》，馮夢龍撰，明末金閶葉敬池刊本，天一出版社，1985 年。

〔註 17〕 馮夢龍在《新列國志》凡例有云：「舊志事多疏漏，全不貫串，兼以率意杜撰，

17）均明顯地看出評論家對小說虛構的認識因涉及歷史題材而改變。

二、崇虛貶實論

前已述及當實錄觀主導小說評論的同時，有些文人的觀念亦漸漸突破實錄的枷鎖，對虛構進行一種反思，如胡應麟對唐傳奇「作意好奇」認識、馮夢龍對「人不必有其事，事不必麗其人」的說法、庸愚子「留心損益」、修髯子「釐括」、熊大木「用廣發揮」……等等，均肯定藝術虛構存在的合理性。

明代神魔小說風起雲湧、奇豔瑰偉，使得崇虛貶實的思想正式成型。如吉衣主人云「傳奇者貴幻」（見〈隋史遺文序〉）、「文不幻不文，幻不極不幻」（見〈西遊記題辭〉），幾乎擯斥「實」在小說中的根本地位，「言真不如言幻」，更把「虛」、「幻」等想像力的構築推為小說的重要特徵。對於崇虛貶實的見解亦可見於晚清俠人《小說叢話》所言：「文學之性，宜於凌虛，不宜徵實」，甚至近代的嚴復、夏曾佑的《〈國聞報〉館附印說部緣起》亦指出：「若其事為人心所虛構，則善者必昌，不善者必亡。即稍存實事，略作依違，亦必嬉笑怒罵，托跡鬼神。天下之快，莫快於斯，人同此心，書行自遠。故書之言實事者不易傳，而書之言虛事者易傳。」一致認為虛構性作品比實錄作品更具吸引人的特質，且認為創作中即使有實事的存在，亦經過了「幻化」的轉折，如此一來作品的審美價值、審美效果，才得以彰顯。

三、虛實並存論

虛實並存是針對上述兩種主張而產生的，理論家們想在「虛」與「實」之間尋求一個平衡點，因為偏於「虛」或偏於「實」，對於藝術效果的創造與藝術真實的顯現，均無法令人滿意。故主張虛實並存，使小說作品既要有真實內容，也要有虛構的成份。

如謝肇淛「須是虛實相半，方為遊戲三昧之筆」（見《五雜俎》），張無咎稱《三遂平妖傳》是「備人鬼之態，兼真幻之長」（見〈三遂平妖傳序〉），再

不顧是非，如臨潼鬥寶事，尤可噴飯。茲編以《左》、《國》、《史記》為主，參以《孔子家語》、《公羊》、《穀梁》、《晉乘》、《楚檮杌》、《管子》、《晏子》、《韓非子》、《孫武子》、《燕丹子》、《越絕書》、《吳越春秋》、《呂氏春秋》、《韓詩外傳》、劉向《說苑》、賈太傅《新書》等書，凡列國大故，一一備載」。明標《新列國志》的寫作是據史著而不違，無一字無來歷。（《新列國志》，天一出版社，1985 年）

如金豐「事事皆虛，則過於荒誕，而無以服考古之心，事事忠實，則失於平庸，而無以動一時之聽」、「實者虛之，虛者實之」（見〈說岳全傳序〉）皆是此種平衡二說的主張。

虛實並存論只是單純地把「虛」與「實」相加，希望能克服崇實或崇虛兩種觀點的偏頗。然而如何同時並存？虛實並存論者卻未更進一步提出見解。

四、虛實統一論

虛與實如何統一，而不流於字面意義的虛實並存？如何在藝術進程中將「實」與「虛」統融爲藝術眞實的呈現？小說理論家們試著去尋找其中的媒介點。

如馮夢龍云：「事眞而理不贋，即事贋而理亦眞。」（見〈警世通言序〉）袁于令說：「極幻之理，乃極眞之理。」（見《西遊記題辭》）他們都標舉出「理」爲小說虛構的內在依據，只有顯現出「理眞」才達致虛構的意義。然而前面亦已述及他們所言之「理」，多少還是指聖賢教化之「理」。

一直到葉晝對於《水滸傳》的評點，其言：「《水滸傳》文字不好處只在說夢、說怪、說陣處，其妙處都在人情物理上，人亦知之否？」（第九十七回末總評）以「人情物理」來概括藝術眞實性，葉晝所說的「理」已具體落實到社會生活的情理了。後來晚明李日華在〈廣諧史序〉云：「且也因紀載而可思者，實也；而未必一一可按者，不能不屬之虛。借形以托者，虛也；而反若一一可按者，不能不屬之實。古至人之治心，虛者實之，實者虛之。實者虛之故不繫，虛者實之故不脫，不脫不繫，生機靈趣潑潑然，以坐揮萬象將毋忘筌蹄之極，而向所讎校研摩之未嘗有者耶。」〔註18〕李日華提出「不脫不繫」的虛實統一原則，「實者虛之故不繫」，即要求作家避免對現實和歷史的眞實作機械的摹仿實錄，而應該跳出來，進入「未必一一可按」的虛構性世界；「虛者實之故不脫」，即要求作家以達到「若天造然」的眞實感爲目的進行虛構，反對完全脫離了「實」的美學特徵的「虛」，從而創造一個「反若一一可按」的眞實性世界。〔註19〕把虛實理論大大的推進一步。

後來的金聖嘆、張竹坡、脂硯齋等評點家對於虛實問題都有很好的繼承，並運用到虛實的概念去評點小說，如金聖嘆云：「《水滸》是因文生事」（〈第

〔註18〕《廣諧史》，明萬曆四十三年序刊，天一出版社，1985年。
〔註19〕處關於李日華〈廣諧史序〉的詮解，同註13，頁191。

五才子書讀法〉）、「讀打虎一篇，而嘆人是神人，虎是怒虎，固已妙不容說矣！……皆是寫極駭人之事，卻盡用極近人之筆。」（《水滸傳》第二十二回回首總評），強調透過虛構後所達到的真實效果。張竹坡指出《金瓶梅》是「假捏一人，幻造一事」，脂硯齋批點《紅樓夢》時言「天然至情至理，必有之事」、「天下必有之事」、「世上必有之事」……皆以藝術真實為審美的需求。

　　虛實統一論要求在虛構中體現藝術真實，認為只有通過虛構，才能使藝術真實既以現實真實為基礎，又能跳脫現實真實的束縛，故許多理論家紛紛提出其中的奧祕所在，如「人情物理」、「不脫不繫」……等，做為理論的原則揭示。

第三章　題材、結構、人物虛實論之釐定

　　對於虛實問題的爭辯，我們可以清楚地掌握其演進的軌跡，然而與歷史小說息息相關、討論最多的題材虛實，以及小說中最重要的兩項因素結構虛實、人物虛實，[註1] 其中心義涵則顯得相當模糊，故本章試以中國小說批評史上的四部評點：金聖嘆評《水滸傳》、毛宗崗評《三國演義》、張竹坡評《金瓶梅》、脂硯齋評《紅樓夢》為對象，擷取其中探討虛實理論的部分，建構題材虛實論、結構虛實論、人物虛實論的主要特徵與藝術判準，作為詮品《三國演義》虛實運用之繩墨。此處需要釐清的一點是題材虛實與結構、人物虛實乃分屬於不同的層次，因為小說如已成文本，其虛構性是必然存在的，故題材虛實的探討是未成小說文本前，對史實、生活事件等寫作材料的擇取；而結構、人物之虛實則是小說寫成後，針對其創作技巧而論。可列表說明如下：

　　　題材虛實——小說未成文本前，對於寫作材料之真實與虛構如何擇取
　　　結構、人物虛實——小說已成文本後，探討其間虛實技巧如何運用

第一節　題材虛實論

　　史家觀念對文人的影響，已非一朝一夕，然而長時間將小說的價值建築在虛實信疑的問題上，其視野觀點無疑是十分窄仄的，對於題材虛實問題的探討，亦常常陷入小說虛實真偽的泥沼中，無法掙脫。再透過歷代小說理論

〔註1〕除題材虛實、結構虛實、人物虛實外，還可探究的虛實層面頗多，而本論文以「小說」為主題焦點，故針對小說中最重要的兩項因素（情節、人物）做探究，另外也將歷代小說批評家討論最多的題材虛實論納入研究範疇。

家對小說本質的廓清，小說虛構本質才逐漸獲得肯定。

一、金聖嘆

金聖嘆在其所評點《水滸傳》中，曾分判小說與史書之區別，可分三層面探討之，將有助於對題材虛實的了解。

（一）文人之史與官史比較

金聖嘆云：

夫修史者，國家之事也；下筆者，文人之事也。國家之事，止於敘事而已，文非其所務也。若文人之事，固當不止敘事而已，必且心以爲經，手以爲緯。躊躇變化，務撰而成絕世奇文焉。如司馬遷之書其遇也。馬遷之傳伯夷也，其事伯夷也，其志不必伯夷也……惡乎志？文是已。馬遷之書是馬遷之文也，馬遷書中所述之事則馬遷之文之料也。（《水滸傳》第二十八回回評）

這裡金氏將史籍分爲文人之史與官史兩類，並比較其相異之處。金聖嘆在《水滸傳》第二十八回回評進一步推論云：

嗚乎！古之君子，受命載筆，爲一代紀事，而猶能出其珠玉錦繡之心，自成一篇絕世奇文。豈有稗官之家，無事可紀，不過欲成絕世奇文以自娛樂，而必張定是張，李定是李，毫無縱橫曲直慘淡經營之志者哉！則讀稗官，其又何不讀宋子京《新唐書》也。

更說明了文人之史與官史寫作特色的不同。據此，可列表比較其相異點：

	史　　籍	
類　　別	文人之史	官　史
性　　質	文人之事，不止敘事	國家之事，止於敘事
寫作目的	躊躇變化，務撰而成絕世奇文	文非其所務
寫作特色	縱橫曲直，慘淡經營	張定是張，李定是李
舉例而言	《史記》	《新唐書》

所以金氏向來把《史記》當作文學作品，與《莊子》、《離騷》、《水滸傳》、杜詩、《西廂記》同爲「才子書」。

（二）小說與文人之史比較

金聖嘆又將小說與文人之史作基本的分判，其云：

> 《水滸傳》方法，都從《史記》出來，卻有許多勝似《史記》妙處，《水滸》已是件件有。（見〈讀第五才子書法〉）

> 某嘗道《水滸》勝似《史記》，人都不肯信，殊不知某卻不是亂說。其實《史記》是以文運事，《水滸》是因文生事。以文運事，是先有事生成如此如此，卻要算計出一篇文字來，雖是史公高才，也畢竟是吃苦事。因文生事即不然，只是順著筆性去，削高補低都由我。（《水滸傳》第二十八回回評）

在小說創作的過程中，作者將蓄積儲納已久的文思，傾吐為具體有形的文字，這當中想像虛構的作用，主導著作家對人物、情節、事件的增刪安排，此即所謂「因文生事」；而史書之撰成，是就已生成的史事，加入作史者的敘述觀點、敘述方式，基本上是不能悖離歷史事實之範疇，更不能虛構，此即「以文運事」。柯立芝（Coleridge）亦曾論及「創造性想像」，其云：

> 想像則是創造過程。正如在覺察時想像力把形式和秩序加在感官的素材上，並且半創造它所覺察的對象，在藝術中想像力以粗澀的經驗為素材並賦之以結構和形式（form and shape）。想做到這一點，想像力首先必須敲破素材然後才能重新加以創造，因為想像力不是一面鏡子而是一種創造原則。〔註2〕

小說的創作無疑是想像力奔騰湧現的過程，其不似史書寫作需按照史材的規律運行，在創造性想像的過程中小說反而需要擺脫素材的拘束，重新建構新的組織秩序。據此，可將金聖嘆之言更進一步列表說明如下：

類　別	文人之史	小　說
舉　例	《史記》	《水滸傳》
特　色	以文運事	因文生事
限　制	先有事生成，再算計出一篇文字來	順著筆性，削高補低

經過這兩層的比較之後，小說與史書的基本屬性即彰顯出來了：即小說有

〔註2〕引文見《西洋文學術語叢刊》（The Critical Idiom）之陸「幻想力與想像力」，顏元叔主編，黎明文化事業公司，1973年，頁555。

其藝術性的目的，可運用大量之虛構、想像以臻藝術之境；然史書卻有其素材之限制，即所敘之事，不能悖離史實而存在。歷史著作所要求的真實性與小說作為文藝樣式所要求的真實性是根本不相同的。葉朗亦分析其中的異同，其云：

> 歷史著作是著眼於「事」（歷史上的實事），「文」是服務於記「事」，
> 這叫「以文運事」；小說則不同，小說著眼於「文」（藝術形象），而
> 「事」（故事情節）則是根據整體藝術形象的需要而創造出來的，所
> 以叫「因文生事」。所謂「生」者，就是虛構、創造的意思。這種虛
> 構要服從於藝術形象本身的規律，亦即「順著筆性」。〔註3〕

金聖嘆不僅一次在序言、批語、讀法中強調《水滸》虛構之特質，如金氏說《宣和遺事》雖有三十六人姓名，但他們許多事跡「都是作書人憑空造謊出來」，這樣的虛構之筆，大幅提高了故事的趣味性，使得人物各有其性情面貌，讓讀者「反把三十六人都認得了，任憑提起一個，都是舊時熟識。」〈讀第五才子書法〉金聖嘆又云：「一部書皆從才子之手捏造而出，愚夫則必謂真有其事」（第三十五回夾批）都揭示著小說情節之鋪陳、人物描摹的由淺至深，都以作者虛構幻化之能力為基。

（三）歷史小說與神魔小說比較

金氏在〈讀第五才子書法〉中更進一步析論《三國演義》與《西遊記》之優劣得失，其云：

> 《三國》人物事體說話太多了，筆下拖不動，謰不轉，分明如官府
> 傳話奴才，只是把小人聲口替得這句出來，其實何曾自敢添減一字。
> 《西遊》又太無腳地了，只是逐段捏捏撮撮，譬如大年夜放煙火，
> 一陣一陣過，中間全沒貫串，便使人讀之，處處可住。

明白指出《三國演義》因受史實的牽絆，不能縱情增減，所以失之刻板，喪卻想像自由的活潑靈動；而《西遊記》是完全虛構的神魔小說，雖擁有無限廣闊的想像空間，然對結構線索的安排，卻失之蕪雜。

總觀金聖嘆對題材虛實之論述，實已突破傳統史稗觀念之囿限，將小說還原至虛構世界，釐清小說與史書應有之分際，並承認小說家有充分之自由，可以彩筆揮灑小說。然虛構之運用亦有其範圍與限制，不能毫無邏輯，必要遵循情節發展之規律，故素材之擇取，真假不是唯一的判準，如何運用小說

〔註3〕見《中國小說美學》，葉朗撰，里仁書局，1987年出版，頁75。

材料，使之臻於藝術真實之境，才是延續小說生命的不二法門。所以小說素材屬實，必使之脫離實陳的板重，認清小說素材彷若雕塑家手中的一塊泥，莫論大小、材質、顏色，其作用是為成就不朽的藝術而準備、而誕生。其云《三國》恰如官府傳話奴才，即認為《三國》之作者，未能善用史材，反而為史料所拘；如素材屬虛，必使之不落斧鑿，予設合情合理之境，金批《西遊》如年夜煙火，中間全沒貫穿，即認為虛構之題材，仍應有藝術真實之造境，而非天馬行空，隨意之所至。

二、毛宗崗

　　而秉持歷史小說實錄觀的毛宗崗，卻有不同的看法，毛批《三國演義》中託名金聖嘆的序文云：

> 取《三國演義》讀之，見其據實指陳，非屬臆造，堪與史冊相表裡。由是觀之，奇又莫奇於三國矣。……從未有六十年中，興則俱興，滅則俱滅，如三國爭天下之局之奇者也。

又在〈讀三國志法〉中云：

> 三國敘事之佳，直與史記彷彿。而其敘事之難，則有倍難于史記者……。

> 讀《三國》勝《西遊記》。《西遊記》捏造妖魔之事，誕而不經。不若《三國》實敘帝王之事，真而可考也……。

由此可知毛宗崗還是以史傳文真而可考的態度來看待《三國演義》，史傳實錄觀對中國小說的影響力亦可得知，往往要求小說要有「補正史之闕」的功用，更要有《春秋》「寓褒貶，別善惡」的微言大義。故在題材的擇取上，常受制於「寫真實」這一層目的，即認為歷史小說應按歷史事實之面貌來寫。當然這也牽涉到《三國》題材的特殊性，毛宗崗在〈讀三國志法〉也體認到這一點，其云：

> 幻既出人意外，巧復在人意中，造物者可謂善於作文矣。

> 今人下筆必不能如此之幻，如此之巧。然則讀造物自然之文，又何必讀今人臆造之文哉！

讀《三國》勝讀《水滸傳》。《水滸》文字之真雖較勝《西遊》之幻，然無中生有，任意起滅，其匠心不難，終不若《三國》敘一定之事，無容改易，而卒能匠心之為難也。

　　《三國演義》為歷史演義，在采擷史實方面，當然比《水滸》等英雄傳

奇之作,題材上屬「實」的比例更多了。毛宗崗亦云:

> 天然有此妙事,助成此等妙文。(二十七回評)
>
> 有此天然妙事,湊成天然妙文,固今日作稗官者,構思之所不能到也。(四十八回評)
>
> 古事所傳,天然有此等波瀾,天然有此等層折,以成絕世妙文。然則讀《三國》一書,誠勝讀稗官萬萬耳。(〈讀三國志法〉)
>
> 事之天然變幻,至於如此。後之作稗官者,即執筆效之,安能彷彿耶?(五十三回評)
>
> 有此省力之事,作者亦以省力之筆傳之。(八十五回評)
>
> 觀天地古今自然之文,可以悟作文者結構之法。(九十二回)
>
> 天然有此一氣呼應之文。近之作稗官者,雖欲執筆而效焉,豈可得耶?(百一十六回評)

這些批語除強調三國歷史的波譎雲詭外,更認爲如何傳達現實中的「天然妙事」是小說家的責任,處處體現毛氏「據實指陳,非屬臆造」的實錄小說觀,在毛氏的觀念裡,虛構的情節是不及實錄作品的自然妙幻的。毛氏亦云:

> 三國者,乃古今爭天下之一大奇局;而演三國者,又古今爲小說之一大奇手也。異代之爭天下,其事較平。取其事以爲傳,其手又較庸。故迴不得與三國並也。(託名金聖嘆的序文)

注意到《三國》題材的特殊性,亦需「奇手」加以創造。故歷史小說仍應有其虛構創造的空間,只是毛氏的實錄觀,限制了小說的想像尺度。

故對一般小說而言,題材的「虛」或「實」並不妨礙其創作,作者筆下題材完全屬實,並不代表作品就能呈現藝術真實。故創作題材的擇取是相當自由的,藝術成就的高低,乃取決於作者的塑材能力。

而歷史小說以史事爲描寫界域,在小說未成文本前,對題材的擇取即有許多的考量,如史件的特殊與否?歷史真實該如何呈現?當中容不容許虛構?關於這些問題的爭執點都在——所謂的歷史小說可以讓作者在史實的空白處,推理度情的空間有多大?

胡適曾云:「凡做『歷史小說』不可全用歷史上的事實,卻又不可違背歷史上的事實。」〔註4〕指出歷史小說取材於史又不可違史的特質。在李裴的〈「歷

〔註4〕見《胡適文存》第一集,卷一,〈論短篇小說〉,遠東圖書公司,1961年,頁

史」與「小說」——對「歷史小說」概念的一種理解〉一文中提及：「歷史的『事實或根據』是作爲人的意識的一個部分而存在的；它的『客觀性』更多地是在於它的凝固性。」〔註5〕這裡李氏對歷史意識之理解十分可取，它避免刻板式的歷史小說定義（即所謂的「必須反映歷史的實際情況」、「人物、事實如都是虛構的，絕對不能算」），認爲歷史小說只要掌握到歷史意識之呈現即可。所以歷史小說在未成文本前，除注意此段史事是否值得舖陳開展外，對歷史意識的掌握應是重點所在，而這與作者史德的厚薄、史才的高低、史見的深淺、史識的博狹息息相關。

題材虛實論中所討論對材料眞實與虛構的擇取，之於一般小說而言，其擇材之空間是沒有限制的；唯歷史小說之創作，因性質之特殊，在寫作材料之酌取上，較一般小說更多一層「是否違史」的考量。透過金聖嘆、毛宗崗對歷史小說定位的澄清，歷史小說在題材擇取上實有其虛構的空間，然爲了兼顧歷史小說「歷史」的個別性與「小說」的文學共性，其大原則仍是「據史虛構」，在能展現歷史意識的狀態下，將可能發生的情節予以合理的虛構。

第二節　結構虛實論

通常我們把結構稱爲情節結構，這說明情節與結構是有密切關係的。就古典小說而言，結構基本上就是情節的結構，結構的基本任務就是組織情節。但結構與情節畢竟不同。結構併不僅僅是情節的結構。結構大於情節。有些作品有結構，但不一定有情節。像有的抒情詩就沒有情節。古典小說雖然都有情節，但也常常有些非情節因素。結構的任務除了對情節的因素進行組織安排外，亦要對非情節因素加以衡量布置。古典小說的非情節因素通常包括①入話、楔子或序言②議論旁白③結語，〔註6〕此節所討論的範圍並不包括非情節之因素，只針對情節結構作探究。

一、結構虛實之例

既了解結構的意義後，我們可以舉出多位小說評點家對結構虛實的體

137。

〔註5〕見期刊「文藝理論研究」，1992年1月，頁71。

〔註6〕參考賈文昭、徐召勛《中國古典小說藝術欣賞》，安徽人民出版社，1982年，頁25至27。

認：如《水滸傳》第二十六回「母藥叉孟州道賣人肉，武都頭十字坡遇張青」金聖嘆於回首評語云：

> 張青述魯達被毒，下忽然又撰出一個頭陀來，此文章家虛實相間之法也。然卻不可便謂魯達一段是實，頭陀一段是虛。何則？蓋謂魯達雖實有其人，然傳中卻不見其事；頭陀雖實無其人，然戒刀又實有其物也。須知文到入妙處，純是虛中有實，實中有虛，聯綰激射，正復不定，斷非一語所得盡贊耳。

金聖嘆仔細分析《水滸》的虛實運用，魯達在《水滸傳》中確有其人，而其被蒙汗藥麻倒的事，傳中不曾描寫，只是在張青口中敘述一遍，這就是虛筆的運用，使得情節流暢不拖曳。

另在第二回寫少華山、第四回寫桃花山、第十六回寫二龍山、第三十一回寫白虎山，均有雷同之處，直至第五十九回公孫勝芒碭山降魔，金聖嘆才評道：

> 及讀此篇，而忽然添出混世魔王一段，曾未嘗有。突如其來得此一虛，四實皆活。夫而後知文章真有相救之法也。（第五十九回回首評語）

可知虛實之巧妙處乃在於虛實相生，既要有虛筆之空靈，亦需實筆之結實，如無前面四回將少華山、桃花山、二龍山、白虎山一一著實描繪，於芒碭山一段即顯不出虛筆的妙處。

又如毛宗崗對《三國演義》的批語中，亦多涉虛實的認知：

> 如皇甫嵩破黃巾只在朱雋一邊打聽得來。袁紹殺公孫瓚，只在曹操一邊打聽得來。趙雲襲南郡，關張襲兩郡，只在周郎眼中耳中得來。昭烈殺楊奉，韓暹只在昭烈口中敘來。張飛奪古城在關公耳中聽來，簡雍投袁紹在昭烈口中說來。至若曹丕三路伐吳皆敗，一路用實寫，兩路用虛寫，武侯退曹丕五路之兵，惟遣使入吳用實寫，其四路皆虛寫。諸如此類，又指不勝屈。只一句兩句，正不知包卻幾許事情，省卻幾許筆墨。〈讀三國志法〉

> 馬騰前同韓遂攻催、汜，曾受密詔，今同董承謀曹操，是再受詔也。前之救駕是實事，而後之救駕是虛談；前之受詔用虛敘，而後之受詔用實寫，一虛一實，參差變換，各各入妙。（二十回總評）

> 當周瑜戰曹仁之時，正孔明遣將三城之時，妙在周瑜一邊實寫，孔明一邊虛寫，又妙在趙子龍一邊在周瑜眼中實寫，雲長翼德兩邊，

在周瑜耳中虛寫，此敘事虛實之法。（五十一回總評）

第三例尤可看出虛實相合之妙，在赤壁戰後，周瑜和孔明對曹兵進攻，欲奪南郡，在人物與場景繁雜的戰役中，作者將周瑜與曹仁之戰以實寫刻畫；而趙雲襲取南郡是用半虛半實的手法，只在五十一回回末點明；其它張飛襲取荊州、關羽襲取襄陽均自探馬口中得知，屬於虛寫。這些虛實相合之法，都是同時進行，且描述得自然巧妙。故毛宗崗在〈三國志讀法〉中云：「三國一書有近山濃抹，遠樹輕描之妙。畫家之法，于山與樹之近者則濃之重之，于山與樹之遠者則輕之淡之。不然林麓迢遙，峰嵐層疊，豈能于尺幅之中一一而詳繪之手？作文亦猶是已。」「近山濃抹」即為「實筆」、「遠山輕描」即為「虛筆」，點出小說之虛實安排正同繪畫一般，需要工筆亦需留白，才能予人無限的品味空間。

《紅樓夢》所敘場景十分瑣屑細膩、所涉人物在百個以上，而且事件的延伸更是繁雜，情節之鋪陳更要環環相扣，才能顯出其節奏之起伏緊密。脂硯齋在《紅樓夢》第四回眉批即揭示云：

此書有繁處愈繁，省中愈省，但又不怕繁中繁，只要繁中虛；不畏
省中省，只要省中實。（甲戌本第四回眉批）

所以「繁中虛」、「省中實」的運用，自能將情節做妥貼的推陳。又脂硯齋曾在多處批語中指出《紅樓夢》作者所使用的「煙雲模糊筆法」。第一回楔子有云：「後因曹雪芹于悼紅軒中披閱十載，增刪五次，纂成目錄，分出章回，則題曰金陵十二釵。並題一絕云：滿紙荒唐言，一把辛酸淚。都云作者痴，誰解其中味？」甲戌本第一回脂硯齋眉批云：

若云雪芹披閱增刪，然後開卷至此這一篇楔子又係誰撰？足見作者
之筆，狡猾之甚。後文如此處者不少。這正是作者用畫家煙雲模糊
處，觀者萬不可被作者瞞弊（蔽）了去，方是巨眼。〔註7〕

即點出《紅樓夢》作者用虛虛實實的煙雲模糊筆法，以「無」的空靈來表現「有」的結實。又如第十五回寶玉撞破秦鍾與智能兒，說要和秦鍾算帳，然算何帳目，於文中言：「此係疑案，不敢纂創」，甲戌本脂批云：

忽又作如此評斷，似自相矛盾，卻是最妙之文，若不如此隱去，則
又有何妙文可寫哉。這方是世人意料不到之大奇筆。若通部中萬萬

〔註7〕靖藏本眉批亦云：「這是畫家煙雲模糊處，不被蒙敝（蔽），方為巨眼。」參考《新編石頭記脂硯齋評語輯校》，陳慶浩編著，聯經出版社，1986年。

件細微之事俱備，石頭記眞亦太覺死板矣。故特用此二三件隱事，
借石之未見眞切，淡淡隱去，越覺得雲煙渺茫之中，無限丘壑在焉。
〔註8〕

脂硯齋所云「淡淡隱去」即是用虛筆將許多繁瑣的細節略去，以供讀者想像。
又如第十六回因秦鍾得病，寶玉心中悵然若失，雖元春晉封，亦未解得愁悶。
其中一段：「賈母等如何謝恩；如何回家；親朋如何來慶賀；寧榮兩處近日如
何熱鬧；眾人如何得意，獨他一個皆視有如無，毫不曾介意。因此，眾人嘲
他越發獃了」，甲戌本脂批云：

大奇至妙之文，卻用寶玉一人連用五「如何」，隱過多少繁華勢利等
文。試思若不如此，必至種種寫到，其死板拮据鎖碎雜亂，何不勝哉。
故只借寶玉一人如此一寫，省卻多少閒文，卻有無限煙波。〔註9〕

這裡更揭示出虛筆的優點，不僅將許多不必要的排場省去，更將情節導入主
題，同時也突顯出寶玉與眾不同的性格。其他如類似的批語羅列如下：

九個字寫盡天香樓事，是不寫之寫。（甲戌本第十三回眉批）

本欲作一篇「燈賦」、「省親頌」以誌今日之盛，但恐入了小說家俗
套。按此時之景，即一贊一賦也不能形容得盡其妙，即不作賦頌，
而其豪華富麗，觀者諸公亦可想而知也，所以倒是省了些筆墨。（甲
戌本第十八回脂批）〔註10〕

幾句閒話，將潭潭大宅夜間所有之事，描寫一盡。雖偌大一圍，且
值秋冬之夜，豈不寥落哉。今用老嫗數語，更寫得每夜深人定之後，
各處（燈）光燦爛，人煙簇集，柳陌之（上），（花）巷之中，或提
燈同酒，或寒月烹茶者，竟仍有絡繹人跡不絕，不但不見寥落，且
覺更勝於日間繁華矣。此是大宅妙景，不可不寫出。又伏下後文，
且又襯出後文之冷落。此閒話中寫出，正是不寫之寫也。（庚辰本第
四十五回評）

以「不寫之寫」的虛筆對情節作高度的概括，可巧妙的避開實寫無法寫盡的

〔註8〕 己卯本、庚辰本、王府本、有正本文字稍異。參考《新編石頭記脂硯齋評語
輯校》，陳慶浩編著，聯經出版社，1986年。
〔註9〕 同註8。
〔註10〕 己卯本、庚辰本、王府本、有正本俱作正文，文字稍異。參考《新編石頭記
脂硯齋評語輯校》，陳慶浩編著，聯經出版社，1986年。

缺憾，且讓讀者有無垠的想像空間去補足作品中所未勾勒的景緻。所以「筆法煙雲模糊」即是以虛筆去營造文字的靈動，讓許多情節巧妙的產生「無限煙波」。

蒙族小說評論家哈斯寶對《紅樓夢》的批語中，亦曾提及虛實之法：

> 此書凡寫實事，都不平淡描述，定要先虛寫一筆作引子，……這就是文章家牽線動影之法。(《新譯紅樓夢》第十回回評)
>
> 接引之文要虛寫，特寫之章要實寫。(《新譯紅樓夢》第十一回評)
>
> 先著墨寫一件大事，其後又勉強用一件小事來比附，這叫圖影之道：因後文中有特書的大事，前文定寫一件小事來接引，叫作客主之法。
> (《新譯紅樓夢》第二十五回回評)

哈斯寶不但認識了情節結構中虛實的重要性，同時還將虛實與主客（賓主）之法作一省視。以逐晴雯與責金釧為例，可勒一簡表如下：

雖然小說理論中談論虛實之法的並不多，然小說作品中運用虛實相生之法的卻俯拾即是。如《三國演義》卷一第九則「曹操起兵伐董卓」中關羽斬華雄一段，作者先寫俞涉與華雄「戰不三合，被華雄斬了」，潘鳳去不多時，也被華雄斬了，可見華雄銳不可當。而此時關公自告奮勇去斬華雄：

> 關公曰：「如不勝，請斬某頭。」操教釃熱酒一杯，與關公飲了上馬。
>
> 關公曰：「酒且斟下，某去便來。」出帳提刀，飛身上馬。眾諸侯聽得關外鼓聲大振，喊聲大舉，如天摧地塌，岳撼山崩，眾皆失驚。
>
> 正欲探聽，鸞鈴響處，馬到中軍，雲長提華雄之頭，擲於地上。————其酒尚溫。

作者並沒有實際描寫關羽如何斬華雄，然關羽能在「其酒尚溫」的功夫將其斬首，其神勇就不言而喻了。這就是虛寫的巧妙，留予讀者無限的想像。其他的虛筆運用如魯肅之死，由曹操耳中聽來。彌衡被黃祖殺掉一事，由使者口中說出。劉備殺楊奉、韓暹一事，由劉備自己口中道出……等等。都把情

節放在側面或背後進行。

《水滸傳》第三十五回寫白勝出獄上梁山入伙：

> 那時白日鼠白勝，數月之前，已從濟州大牢裡越獄逃走，到梁山入
> 伙，皆是吳學究使人去用度，救得白勝脫身。

用簡單的幾句虛筆就已交待了白勝越獄逃走、吳用使計救他、白勝上梁山入伙等事，而詳細的情節卻放在幕後進行，沒有實寫，使得結構嚴密、情節不拖曳。

《紅樓夢》第六回寫劉姥姥進榮國府，周瑞家的帶她去見王熙鳳。周瑞家的說：「若遲了一步，回事的人多了，就難說了。再歇了中覺，越發沒時候了。」王熙鳳如何如何的忙並沒有實際描繪，然透過周瑞家的這番虛寫，王熙鳳日理萬機的忙碌形象呼之欲出。

二、結構虛實之定義

透過前面的討論，可將情節結構之虛實解釋如下：作者對情節發展作正面、直接、詳細的描摹即是「實寫」，與此相對，所謂「虛寫」則是對情節發展作側面的、簡單的暗示，或者以次要的人或事來映襯主要的人或事，或者以書中人物的視角來鋪陳故事。自前面所舉的例子來看，我們也可以發現到虛實與敘事方法（補敘、追敘、正敘）、還有與賓主、正假、隱顯、藏露筆法有密切的關係。這些技巧的運用往往使得虛實的效果益發鮮明，故就這些筆法與虛實的互補作用，加以說明。

三、結構虛實與其他章法

（一）虛實與敘事方法

在故事的開展過程中，敘述的方法往往參差變化，使故事的呈現繁略得當，更具完整性。如《水滸傳》第五十七回對施恩、曹正、張青、孫二娘上二龍山的敘述：

> 且說寶珠寺裡大殿上坐著三個頭領：為首是花和尚魯智深，第二是
> 青面獸楊志，第三是行者二郎武松。前面山門下坐著四個小頭領：
> 一個是金眼彪施恩，原是孟州牢城施管營的兒子，為因武松殺了張
> 都監一家人口，官司著落他家追捉兇身，以此連夜挈家逃走在江湖
> 上；後來父母俱亡，打聽得武松在二龍山，連夜投奔入伙。一個是

> 操刀鬼曹正，原是同魯智深、楊志收奪寶珠寺，殺了鄭龍，後來入
> 伙。一個是菜園子張青，一個是母夜叉孫二娘。這是夫妻兩個，原
> 是孟州道十字坡賣人肉饅頭的；因魯智深、武松連連寄書招他，亦
> 來投奔入伙。

這段文字很明顯可以看出《水滸傳》作者的著力點，對於前面的三大頭領：
魯智深、楊志、武松全用正敘法，將他們一步一步匯集於二龍山的過程，用
了許多篇幅筆墨細細地實寫。而四個小頭領施恩、曹正、張青、孫二娘，對
於他們如何上二龍山的過程，作者卻用補敘法，將許多細節以虛筆行之，放
在背後進行。

　　《水滸傳》中類似的情節還有：李忠如何上桃花山、孔亮如何上白虎山，
史進如何到赤松林……等，作者對這些次要人物的故事鋪陳，在敘述方法上
常使用追敘法及補敘法，在情節描寫上常用虛寫。

　　毛宗崗在〈讀三國志法〉有云：

> 三國一書有添絲補綿、移針勻繡之妙。凡敘事之法，此篇所闕者補之
> 於彼篇，上卷所多者勻之於下卷，不但使前文不沓拖，而亦使後文不
> 寂寞；不但使前事無遺漏，而又使後事增渲染，此史家妙品也。如呂
> 布取曹豹之女，本在未奪徐州之前，卻于困下邳時敘之；曹操望梅止
> 渴，本在擊張繡之日，卻于青梅煮酒時敘之；管寧割席分坐，本在華
> 歆未仕之前，卻于破壁取後時敘之；……武侯求黃氏爲配，本在未出
> 草廬之前，卻于諸葛瞻死難時敘之，諸如此類，亦指不勝屈。

除上文所舉的補敘之例之外，其他如王允見董卓弄權而日夜憂悶的情景，是
由貂蟬口中補出；呂布因遭李、郭之亂而逃出武關以後的行蹤，是在他投奔
張邈、襲破兗州、進據濮陽時補出。這些補敘的情節，作者均以虛筆行之。

　　由此可知情節結構的虛筆，雖是放在側面或背後進行，然卻能藉著作者
本人或者故事人物的追敘、補敘，使得這些情節讓讀者知道。同時透過文字
密度的壓縮，不需多費筆墨的枝節，可以很快地帶過，使情節節奏保持流暢
感；此外也讓多著文字的實筆，可以明顯而立體，這樣實寫與虛寫結合起來
的互補效果，大大增加了作品的容量，也讓讀者於虛筆空白處，留下無窮的
聯想空間。

（二）虛實與敘事角度

　　中國古典小說或從話本彙整而成，所以延襲著說書人的習慣，幾乎都是

以「全知」為敘事觀點。〔註11〕雖然是全知的敘事觀點，但作者有時為了製造情節的起伏與懸疑，往往會採用書中人物的觀點來敘述人、事、物。如此一來，即避開作者對情節、人物、環境、事件、場面、氣氛等直接而具體全面的描繪和刻劃（即實寫），轉而採用書中人物的視角，亦即側面的敘寫（即虛寫），故情節結構的虛實與人物敘事角度的推移轉換息息相關。

情節的鋪陳、人物的成型、環境的刻劃、氣氛的營造，透過人物眼中所見、口中說出、耳中聽到等敘事角度的呈現而具體落實，此即藉著側面虛筆的層層渲染，構成情節、人物的完整，達成以虛生實的目的。

其方式是：不直接、正面地描寫對象本身，而是通過「與對象相關的其他事物」或「對象在周圍引起的反應」來烘托、渲染。此種虛寫，特別適用於從正面難以準確描寫、或者從正面難以獲得藝術感染效果者，可以此突顯「以少勝多」、「有限寫無限」的效果。

底下即分眼中所見、口中說出、耳中聽到等不同角度對情節結構虛實的影響作說明，而其中「他人眼中所見之人物」，是屬於人物虛寫的技巧，移至下一節作敘述：

1、眼中所見

舉《三國演義》四十八回火燒赤壁前，吳、魏雙方有一場爭戰，均通過周瑜眼中所見進行描寫，毛批云：

> 文聘之敗，又在周瑜眼中見。敘法變換。
>
> 曹軍折旗卻在周瑜眼中望見。敘法變換。

透過人物眼中所見將情節帶出。

又如《紅樓夢》第二回「冷子興演說榮國府」一段，脂硯齋有批云：

> 此回亦非正文，本旨只在冷中出熱、無中生有也。其演說榮府一篇者，蓋因醫大人多，若從作者筆下一一敘出，一、二回不能說明，成何文字。故借用冷子興一人略出其文，好使閱者心中已有一榮府隱隱在心。然後用黛玉、寶釵等兩三次皴染，必耀然于心中眼中矣。
>
> 此即畫家三染法也。（甲戍本第二回回前）

榮國府是《紅樓夢》最重要的場景，因此，作者捨棄了全知全能的觀點、工筆畫的實寫，而藉由書中人物的各種角度向讀者反覆介紹。首先是藉由冷子興與

〔註11〕 《明清小說評點之研究》，張曼娟著，1989年東吳大學中文研究所博士論文，頁134。

賈雨村閑談之口，將寶玉、鳳姐、元春、迎春、惜春等人點出；再者是黛玉投奔榮國府，自黛玉眼中所見的榮、寧二府的侯門氣派，以及賈母、賈政、賈赦等人的日常居室度用，再自其眼中寫鳳姐、迎、探、惜三姐妹及寶玉；接著又自寶玉眼中寫黛玉。其他如寶釵對榮國府的印象、劉姥姥眼中所見的賈府奢豪均是如此。透過書中人物口中所說、眼中所見虛寫出「榮國府」這個主體。

2、口中說出

《水滸傳》第七回林沖欲休妻時，其妻哭道：「丈夫！我不曾有半些兒點污，如何把我休了？」金聖嘆批云：「林沖娘子只說得此一句，下更無語，都是張教頭說，情景入妙。」接著，妻父張教頭於是勸解二人，各自穩便。金氏又批道：「都是娘子心中話，卻不好在娘子口中說，故都借張教頭出之」。此處借張教頭所說所言，虛寫出林沖娘子張惶急切，不能完整表達心意之情狀，十分貼合人情。〔註12〕

另外金聖嘆在《水滸傳》第二十六回回首評語云：

> 張青述魯達被毒下，忽然又撰出一個頭陀來，此文章家虛實相間之法也。

這裡將情節發展作側面交代（由旁人口中補述），不作正面敘寫，可避免繁冗的情節重複出現。前面提及的補敘法，有許多情節亦是從故事人物口中說出的。這裡不再贅述。

3、耳中聽到

第二十回宋江將招文袋遺忘在閻婆惜處，轉回索取，而婆惜心中已打定主意，「只聽得樓下呀地門響。床上問道：『是誰？』門前道：「是我。」床上道：『我說早哩，押司卻不信，要去！原來早了又回來。且再和姐姐睡一睡，到天明去。』這邊也不回話，一逕已上樓來」，夾批云：「一片都是聽出來的，有影燈漏月之妙。」作者不由宋江處作正面描述，而自婆惜所聽到的一舉一動虛筆處著手，除點出時間在夜裡外，更可見出閻婆惜步步為營的陰沉心理，也為後面的殺閻事件增添些許氣氛。〔註13〕

（三）虛實與賓主、正假、隱顯

1、虛實與賓主

〔註12〕同註11，頁136。
〔註13〕同註12。

以賓襯主的例子頗多,在毛氏〈讀三國志法〉第九則中有云:

> 將敘曹操濮陽之火,先寫糜竺家中之火一段閒文以啓之;將敘孔融求救於昭烈,先寫孔融通剌於李弘一段閒文以啓之;將敘赤壁縱火一段大文,先寫博望新野兩段小文以啓之,將敘六出祁山一段大文,先寫七擒孟獲一段小文以啓之是也。

《三國演義》第三十五回總評:

> 將有南陽諸葛廬,先有南漳水鏡莊以引之;將有孔明為軍師,先有單福為軍師以引之。不特此也,前卷有玉龍金鳳,此卷乃有伏龍鳳雛,前有一雀一馬,此卷乃有一鳳一龍,是前卷又為此卷作引也。究竟一鳳一龍未曾明指其為誰,不但水鏡不肯說龍鳳姓名,即單福亦不肯自道其真姓名。龐統二字在童子口輕輕逗出,而玄德卻不知此人之即為鳳雛。元直二字在水鏡夜間輕輕逗出,而玄德卻不知此人之即為單福。

可知在小說情節曲折之處與介紹重要人物出場時,賓主法常出現。它以「賓」為前導,將山雨欲來風滿樓的氣氛層層疊染出,借此襯托出「主」的重要性。如《三國演義》「博望坡之火」與「火燒新野」均屬陪襯烘托之「賓」,透過這兩段文字的比較,「赤壁之火」尤為壯觀動人,故就相對觀念而言,賓法乃為虛設,以此突顯出主要情節。又如「劉玄德躍馬檀溪」是預為劉備訪諸葛亮所設,篇中所出現的人物,都未正面點出其姓名,而是透過一個人物穿引另一個人物的方式,將情節層層遞進,所以說此回中作為「賓」的配角人物,都是「隱隱躍躍,如簾內美人,不露全身,只露半面,令人心神恍惚,猜測不定。」(《演義》第三十五回批語)以虛筆為之,這樣的方式持續在「劉玄德三訪諸葛」中出現,均是以賓襯主,虛寫出諸葛亮此人。

2、虛實與正假(正反)

《水滸傳》第五十一回朱仝因小衙內之死,欲殺李逵,柴進乃將李逵留在府中,而後遂有打死殷天錫,失陷高唐州之事。吳用等人與朱仝回水泊,臨別時吩咐李逵道:「你且小心,只在大官人莊上住幾時,切不可胡亂惹事累人」,金批云:「每於事前先逗一線,如游絲惹花,將迎復脫,妙不可言」。吳用接著道:「待半年三個月,等他性定;卻來取你還山。」金批云:「此一句極似承上文吃緊語,然卻是假筆」,吳用又道:「多管也來請柴大官人入夥」,金批云:「此一句極似無來歷突然語,然卻是正筆」。

金聖嘆於夾批中歷歷指陳作者的正假筆法，而正假筆法正可造成小說情節的虛實振盪，讓人在虛實的一開一闔中，有波譎雲詭的感受，可列表如下：

> ┌ 假筆─虛設─預爲下文所佈置
>
> └ 正筆─實寫─眞正用意所在

又如王希廉對《紅樓夢》之評點有云：

> 「紅樓夢」雖是說賈府盛衰情事，其實專爲寶玉、黛玉、寶釵三人而作。若就賈、薛兩家而論，賈府爲主，薛家爲賓。若就寧、榮兩府而論，榮府爲主，寧府爲賓。若就榮國一府論，寶玉、黛玉、寶釵三人爲主，餘者皆賓。若就寶玉、黛玉、寶釵三人而論，寶玉爲主，釵、黛爲賓。若就釵、黛兩人而論，則黛玉卻是主中主，寶釵卻是主中賓。至副冊之香菱是賓中賓，又副冊之襲人等不能入席矣。讀者須分別清楚。「紅樓夢」一書，有正筆、有反筆、有襯筆、有借筆、有明筆、有暗筆、有先伏筆，有照應筆、有著色筆、有淡描筆，各樣筆法，無所不備。〔註14〕

> 背面是骷髏，正面是鳳姐；美人即骷髏，骷髏即美人；所謂色即是空，空即是色也。〔註15〕

> 鐵檻寺化作水月，由堅固而變虛浮；水月變爲饅頭，愈變愈下矣；所謂縱有千金鐵門檻，終須一個土饅頭。〔註16〕

王氏於評點中指出《紅樓夢》多處的正反虛實對照。

3、虛實與隱顯（藏露）

《三國演義》毛批中曾多次提及「文有隱而愈現」的藝術效果，第六十回回評有云：

> 文有隱而愈現者：張松之至荊州，凡子龍、雲長接待之禮，與玄德對答之言，明係孔明所教。篇中只寫子龍，只寫雲長，只寫玄德，更不敍孔明如何打點，如何指使，而令讀者心頭眼底，處處有一孔明在焉。眞神妙之筆。

〔註14〕見《王希廉評本新鐫全部繡像紅樓夢》總評，廣文書局，頁87。
〔註15〕同註14，第十二回，頁334。
〔註16〕同註14，第十五回，頁339。

毛氏認爲此處雖以顯筆（即露筆）實寫劉備、關羽、趙子龍對張松的巧妙、周到的接待，其實就等於用了隱筆（藏筆）虛寫出諸葛亮的智謀、遠見及調度有方。

以上所提及的章法，其基本的意義是與虛實法有差別的，然它們或造成虛實之效果、或常與虛實之法並用，形成了多采多姿的情節變化。

第三節　人物虛實論

歷代小說評點中關於人物塑造的理論十分豐富，不論是就人物肖像、動作、語言、性格、或者心理的評論，均有相應的感知與理解。本節主要是梳理小說評點中有關人物塑造之虛實。

一、實　寫

關於實寫可以分爲肖像、語言、動作等方面來考察。

（一）肖　像

肖像包括了人物外型的裝束打扮，以及形狀面貌的描繪。如《水滸傳》第十二回「急先鋒東郭爭功，青面獸北京鬥武」，金聖嘆即注意到作者對人物裝束打扮的色彩安排，當時索超的裝束是：

> 頭戴一頂熟銅獅子盔，腦後斗大來一顆紅纓；身披一副鐵葉攢成鎧甲，腰繫一條鍍金獸面束面，前後兩面青銅護心鏡；上籠著一領緋紅團花袍，上面垂兩條綠絨縷領帶，下穿一雙斜皮氣跨靴；左帶一張弓，右懸一壺箭，手裡橫著一榗金蘸斧；坐下李都監那匹慣戰能征雪白馬。

金聖嘆在每一句下面夾批：「黑盔」、「紅纓」、「鐵甲」、「金帶」、「前後鏡」、「紅袍」、「綠帶」、「斜皮靴」、「金蘸斧」、「白馬」，處處喚醒讀者的視覺感受。而楊志的打扮是：

> 頭戴一頂鋪霜耀日鑌鐵盔，上撒著一把青纓；身穿一副鈎嵌梅花榆葉甲，繫一條紅絨打就勒甲條，前後獸面掩心；上籠著一領白羅生色花袍，垂著條紫絨飛帶，腳登一雙黃皮襯底靴；一張皮靶弓，數根鑿子箭，手中挺著渾鐵點鋼鎗；騎的是梁中書那匹火塊赤垂里嘶風馬。

金聖嘆亦夾批云：「白盔」、「青纓」、「銅甲」、「紅條」、「白袍」、「紫帶」、「紅馬」，將人物衣著之顏色加以比對。又於此回眉批云：

> 二將披掛五彩間錯處，俱要記得分明。凡此書有兩人相對處，不寫打扮即已，若寫打扮，皆作者特地將五彩間錯配對而出，不可忽過也。

金氏注意到人物衣著色彩的交錯對比，除有助於人物形象的突出外，亦可留給讀者鮮明的印象。

張竹坡評點《金瓶梅》第二回回評云：

> 上回內云，「金蓮穿一件扣身衫兒」，將金蓮性情形影魂魄一齊描出。
> 此回內云，「毛青布大袖衫兒」，描寫武大的老婆又活跳出來。

將衣著與人物身份、形貌緊緊相扣，亦點出衣著與人物性格、所處場合之關聯。

爾後的《紅樓夢》更著重人物的衣裝打扮，每個重要人物出場都細細描繪其服裝及配件的樣式、顏色，如第三回描寫王熙鳳的穿著與妝飾，「頭上帶著金絲八寶攢珠髻，綰著朝陽五鳳掛珠釵，項上帶著赤金盤螭瓔珞圈，裙邊繫著豆綠宮條雙衡比目玫瑰珮，身上穿著縷金百蝶穿花大紅洋緞窄褙襖」。脂硯齋夾批即云：

> 大凡能事者多是尚奇好異，不肯泛泛同流。（據王府本）

脂批指出了衣著與人物性格的相關性。又如第四十九回「琉璃世界白雪紅梅，脂粉香娃割腥啖膻」，有正本回末總評云：

> 此文線索在斗篷。寶琴翠羽斗篷，賈母所賜，言其親也。寶玉紅猩猩氈斗篷，為後雪披一襯也。黛玉白狐斗篷，明其弱也。李紈裁斗篷是哆囉呢，昭其質也。寶釵斗篷是蓮青斗紋錦，致其文也。賈母是大斗篷，尊之詞也。鳳姐是披著斗篷，恰似掌家人也。湘雲有斗篷不穿，著其異樣行動也。岫煙無斗篷，敘其窮也。只一斗篷，寫得前後照耀生色。〔註17〕

由斗篷這件簡單的衣飾，卻可於不同的人物身上產生不同的意義，或指性情、或指身分、或指文采、或指地位，《紅樓夢》用筆之凝鍊可見一般。

古典小說中關於人物形狀面貌的描繪，亦可歷歷指陳。如《水滸傳》第三十七回，李逵初次出現：「不多時，（戴宗）引著一個黑凜凜大漢上樓來。

〔註17〕王府本「猩猩」作「腥腥」。

宋江看見，吃了一驚。」金聖嘆批道：

> 畫李逵只五字已畫得出相。（第三十七回夾批）

> 『黑凜凜』三字，不惟畫出李逵形狀，兼畫出李逵顧盼，李逵性格，
> 李逵心地來。下便緊接宋江吃驚，蓋深表李逵旁若無人，不曉阿諛，
> 不可以威劫，不可以名服，不可以利動，不可以智取。（第三十七回
> 夾批）

可知「黑凜凜」三字即是作者對李逵形狀面貌的實寫。

《紅樓夢》第三回寫王熙鳳的長相「一雙單鳳三角眼，兩彎柳葉掉稍眉」，
脂硯齋批云：

> 非如此眼，非如此眉，不得為熙鳳，作者讀過麻衣相法。〔註18〕

面貌長相充分披露人物的個性特質。

故肖像的實寫，不管是穿著、裝飾、面貌的刻劃，一定要緊抓住人物的
特色來發揮，因為它往往是映入讀者眼簾的第一印象，如何使人物活起來，
肖像的掌握是第一要件。正如張竹坡於《金瓶梅》第一回評點云：「凡小說必
用畫像，如此回。凡金瓶梅內有名人物，皆已為之描神追影，讀之固不必再
畫。而善畫者，亦可即此而想其人，庶可肖形，以應其言語動作之態度也。」
可知人物的「神」與「影」必有「像」作為底色，傳神與否即繫於肖像的描
摹是否準確地掌握人物特色。

（二）語　言

金批《水滸》有多處論及語言的描寫：

> 《水滸傳》並無之乎者也等字，一樣人，便還他一樣說話，真是絕
> 奇本事。（見〈讀第五才子書法〉）

> 是魯達語，他人說不出。（見〈第四回夾批〉）

> 定是小七語，小二小五說不出。爽快奇妙不可言。（見〈第十四回夾
> 批〉）

〔註18〕「麻衣相法」相傳是宋代麻衣道者所傳下的相術。相傳北宋錢若水年輕時，
曾到華山謁見陳摶，由陳摶引見麻衣道者為他看相，麻衣道者熟視若水，便
告訴若水日後為官，當在急流中勇退。後來若水果然當上樞密副使，且年方
四十即辭官。後世各種相法的著作遂多托名於麻衣。參考《聞見錄·七》，宋
邵伯溫撰，見《影印文淵閣四庫全書》中之《唐語林》八卷之八。此處脂硯
齋引麻衣相法的用意即在說明相貌與性格、命運的關聯。

林沖語。須知此四字（指「並無諂佞」）與前「爲人最樸忠」句，雖
非世間齷齪人語，然定非魯達李逵聲口。故寫林沖，另是一樣筆墨。
（見（第十回夾批））

如此妙語，自非李大哥，誰能道之。(見〈第五十二回夾批〉)
均披露出《水滸》人物的語言充滿個性。

其他如第十一回，寫楊志賣刀，楊志亦有其聲口，金批說：

寫楊志，又另是一楊志，不是史進，不是魯達，不是林沖，細細認
之。

第十五回，寫一老都管在楊志面前倚老賣老的話：「我在東京太師府裡做嬭公
時，門下軍官見了無千無萬，都向著我喏喏連聲……」金批云：

寫老奴托大，聲色俱有。

寫出個愛說大話人，句句出神入妙。

第二十三回，寫武松因厭惡潘金蓮所作所爲而離去，金蓮一聽他要走，在裡
面喃喃地罵道：「卻也好！人只道一個親兄弟做都頭，怎地養活了哥嫂，卻不
知反來嚼咬人！」金批指出：

三字（指「卻也好」三字）起得聲態俱有，活畫出淫婦情性來，正
不知耐庵如何算出？

第五十七回，寫魯智深、武松到少華山接史進、朱武等四人到梁山泊入伙。
誰知史進因刺賀太守被拿住監在牢裡。朱武等三人請魯智深、武松上山，殺
牛宰馬管待。魯智深道：「史家兄弟不在這裡，酒是一滴不吃，便要睡一夜，
明日卻去州裡打死那廝罷。」金聖嘆批道：

句句使人灑出熱淚，字字使人增長義氣。非魯達定說不出此語，非
此語定寫不出魯達。妙絕！妙絕！

更指出語言與性格的契合。

金聖嘆提出寫人物語言要「聲色俱有」、「聲態俱有」的要求，就是說人
物的語言（即所謂「聲」）還要同時表現人物說話時的表情神色（即所謂「色」）
和舉止動作（即所謂「態」）。可見語言的刻劃帶動了人物形象的活潑。

毛宗崗對《三國演義》中人物語言的安排亦頗能觀照玩味其中的意趣。
如第四回寫曹操逃避董卓之追緝，與陳宮相偕至呂伯奢家，伯奢出門沽酒，
操聞莊後有磨刀聲，即懷疑呂伯奢欲加相害，與陳宮潛步入草堂後，但聞人
語曰：「縛而殺之，何如？」曹操即云：「是矣！今若不先下手，必遭擒獲。」

毛氏於下批曰：

> 二字（指「是矣」二字）摹神。

將曹操多疑善忌的個性點出。更揭示語言與人物稟性緊密結合的相關性。再舉第四十四回赤壁之戰前，孫吳境內主戰、主和兩派人馬僵持不下，孫權遲疑未決，請出周瑜作決議。周瑜是主戰派卻不先言明，劈頭第一句就問：「誰勸主公降？」毛氏於下批道

> 問得懊惱之極，如見其詞色。

毛宗崗實體會出周瑜問此言時的懊怒神態。

《金瓶梅》許多角色的語言聲口亦常用白描實寫來突出人物形象，如第一回「西門慶熱結十兄弟」，應伯爵和謝希大來看西門慶，西門慶怪他們許久「不來傍個影兒」，伯爵聽了便向希大道：「何如？我說哥要說哩！」因對西門慶道：「哥，你怪的是，連咱們也不知道成日忙些什麼？」後來眾人至玉神廟結拜兄弟，眾人推西門慶居長，西門慶卻推讓道：「這還是敘齒，應二哥大如我，是應二哥居長。」伯爵聽了，伸著舌頭道：「爺可不折殺小人罷了！如今年時，只好敘些財勢，那裡好敘齒？」張竹坡第一回回評道：

> 描寫伯爵處，純是白描，追魂攝魄之筆，如向希大說「何如？我說」，
> 又如伸著舌頭道「爺」，儼然紙上活跳出來，如聞其聲，如見其形。

透過語言的塑造，一個幫閑人物市儈、機靈的肖像活脫紙上。

又如第三十回寫李瓶兒產子，當時全家人忙得不可開交，只有潘金蓮把孟玉樓拉出房外，在西稍間檻柱兒底下歇涼，一塊說話。潘金蓮道：「爹喏喏！緊著熱剌剌的，擠了一屋子的人，也不是養孩子，都看著下象胎哩！」孟玉樓要潘金蓮也一起「往屋裡看看去！」那金蓮就是不去，且說了一大堆吃醋的話。這時，孫雪娥急忙起來觀看，不妨黑影裡被台基險些絆了一跤，金蓮於是譏諷道：「你看，獻勤的小婦奴才！你慢慢走，慌怎的？搶命哩！黑影裡絆倒了，磕了牙，也是錢。養下孩子來，明日賞你這小婦一個紗帽戴？」張竹坡於回評云：

> 金蓮妒口，又白描入骨也。

一個妒婦的形象在語言間表現得淋漓盡致。竹坡此處的白描即指實寫，「白描」原是中國傳統繪畫的術語，指純用墨線勾描物象，而用於小說批評範疇即以實描實繪的語言文字將人物、情節細細寫出。

《紅樓夢》的脂批常提到「這是阿鳳口吻」、「這是痴公子、貴公子口吻」，

充分認識到人物語言的個性化。第三回黛玉初見熙鳳，「這熙鳳攜著黛玉的手，上下仔細的打量了一回」，並且說：「天下真有這樣標緻人物，我今纔算見了。」甲戌本脂批云：

> 寫阿鳳全部轉（傳）神第一筆也。

> 這方是阿鳳言語，若一味浮詞套語，豈復為阿鳳哉。

語言中又帶有動作，鳳辣子的玲瓏八方由此可見。

第八回寶玉大醉絳芸軒，笑問出門前寫的三個字在那裡？晴雯笑道：「這個人可醉了。你頭過那府裡去，囑咐我貼在這門斗上的，這會子又這麼問。我生怕別人貼壞了，我親自爬高上梯的貼上，這會子還凍的手僵冷的呢！」脂硯齋甲戌本批：

> 寫晴雯是晴雯走下來，斷斷不是襲人平兒鴛兒等語氣。

又如第十九回寶玉奶娘李嬤嬤強吃一碗酥酪，丫鬟們起了不同的反應，「一個丫頭道：『快別動，那是說了給襲人留著的，回來又惹氣了。你老人家自己承認，別帶累我們受氣。』」脂批云：

> 這等話語聲口，必是晴雯無疑。

這時又一丫頭笑道：『他們不會說話，怨不得你老人家生氣。寶玉還送東西孝敬你老人家去，豈有為這個不自在的。』」脂批云：

> 聽這聲口必是麝月無疑。

雖同是丫鬟，然講話的神情態度、以及個性特質，透過語言聲口的安排清晰可辨。

第二十一回湘雲替寶玉梳順，見原有四顆編辮的珍珠，卻少了一顆，因說道：「必定是外頭去掉下來。不防被人揀了去，到便宜他」，脂批云：

> 妙談。道『到便宜他』四字是大家千金口吻。近日多用「可惜了的」
> 四字，今失珠不聞此四字，妙極是極。

> 是湘雲口氣。

而黛玉卻在一旁冷笑道：「也不知道是真丟了，也不知是給了人鑲什麼戴去了。」湘雲的率直與黛玉尖刻一面的性格表露無遺。

這些批語都認識到塑造人物獨立而特出的形象，語言的安排勢必不可少。我們可以說肖像使人如見其形，那麼語言便使人如聞其聲了！而如何彰顯出人物個性化的聲口呢？首先人物的語言必須能夠傳達此人的思想情感與性格特徵。在這樣的前提下，語言隨著情節而推陳，即使在同一種環境下，每個人物

也應該有其獨特的語言表現，金聖嘆、張竹坡、脂硯齋的批語悉中肯棨。

（三）動　作

人物性格特徵除了透過語言來知悉外，統觀人物各方面的行為表現，也可見出，故動作的呈現對豐富人物的性格亦有相當的重要性。如金聖嘆在《水滸傳》第二回魯達打店小二的情節上批道：

> 一路魯達文中，皆用『只一掌』、『只一拳』、『只一腳』，寫魯達闊綽，打人亦打得闊綽。（見〈第二回眉批〉）

以及魯達打鄭屠時的批語：

> 打鄭屠時，連用三句『只一拳』，此處又用一句『只一腳』，總寫魯達爽直過人。（〈第三回批〉）

可見作者是以乾淨而俐落的動作來表徵魯達爽直的性格。

又如金聖嘆對林沖動作的總評：

> 看他算得到、熬得住、把得牢、做得徹，都使人怕。這般人在世上，定做得事業來。〈讀第五才子書法〉

乃是其統整林沖在遇事後的反應而論，不僅把林沖的動作做概括，亦將他的性格做概括。

又如對待同一件事，不同人物有不同的處理方式、不同的動作反應，此即顯現人物彼此性格的差異。金批云：

> 寫武松打虎純是精細，寫李逵殺虎，純是大膽。如虎未歸洞，鑽入洞內；虎在洞外，趕出洞來，都是武松不肯做之事。（見〈第四十二回夾批〉）

此即點出李逵與武松性格上的差異。

毛宗崗評《三國演義》亦指出不同身份、個性之人物所產生的不同動作反應。舉第二回張飛由於督郵索賄並輕視劉備因而怒鞭督郵，但劉、關、張三人對如何處置督郵的態度卻各個不同，毛氏評曰：

> 翼德竟將打死之，關公乃欲殺之，而玄德則姑饒之。寫三人各自一樣，無不酷肖。

對一件事情的不同處理態度，最可以看出人物性格之差異。又如第二十回王子服見董承藏有獻帝密詔，遂與承共同立誓除國賊，便議「當於密室同立義狀」，毛宗崗評曰：

> 開口要立盟書，頗覺書生氣，是文官身份。

稍後西涼太守馬騰入內閱畢詔書的動作反應是「咬齒嚼唇，滿口流血」，毛氏此處批云：

> 寫馬騰又是馬騰身份。

在此回總評毛氏云：

> （七人受詔處），或潸然淚下，或咬牙切齒，文官有文官身份，武臣
> 有武臣氣概，人人不同，人人如畫，真敘事妙品。

此處毛氏又指出人物不同的身份，所產生的不同動作反應。而此不同的身份，實又受制於人物生活經歷、環境的影響。再如第三十五回蔡瑁設席欲謀害劉備，趙雲護備赴宴，席中卻被蔡瑁部下支使至別處，等到發覺人馬移動，出來時已不見劉備蹤跡。毛氏評道：

> 趙雲在襄陽城外，檀溪水邊，接連幾個轉身不見玄德，可謂急矣。
> 若使翼德處此，必殺蔡瑁；若使雲長處此，縱不殺蔡瑁，必拿住蔡
> 瑁，要在他身上尋還我兄，安將蔡瑁輕輕放過，卻自尋到新野，又
> 尋到南漳乎？三人忠勇一般，而子龍為人又極精細、極安頓，一人
> 有一人性格，各各不同，寫來真是好看。

《三國演義》中諸多人物各有不同的行為特質，如張飛莽、關羽直、趙雲精……等等，這些都是作者透過許多事件、情節的層層疊染，將角色性格加以突顯的。而毛氏此處以同一事件設想比較趙雲、張飛、關羽的不同動作，實熟諳作者對角色性格塑造之法。

《金瓶梅》第四回西門慶和潘金蓮勾搭的情節，寫出金蓮五次低頭七次笑。張竹坡評道：

> 五次低頭，妙在一別轉頭。七笑內，妙在一帶笑，一笑著，一微笑，
> 一面笑著低聲，一低聲笑，一笑著不理他，一踢著笑，一笑將起來，
> 遂使紙上活現。（第四回評）

這就是將人物一連串的動作白描實寫，彷彿一長卷軸的連環圖映入眼廉。在第九十四回「大酒樓劉二撒潑，酒家雪店雪娥為娼」春梅因守備打了舊相好的陳敬濟，因而牽怒眾人，一會兒，大丫鬟拿藥過來請春梅吃，被春梅拿來劈臉只一潑，罵道：「賊浪奴才！你只顧拿這苦水來灌我怎的？我肚子裡有什麼？」並叫丫鬟跪在面前。張竹坡道：

> 內用幾個一推一潑，寫春梅悍妒性急如畫。（第九十四回回評）

用實筆將春梅動作一帶出，人物已不是靜態的呈現，而是富有動感與感染力的。

《紅樓夢》將人物動作寫得極其細膩，如第三回林黛玉入榮國府，王熙鳳竟攜起黛玉之手，細細打量，又一面問婆子們，林姑娘的行李是否搬進來了；帶了幾個人來；一面親爲捧茶捧果，王府本夾批云：

> 熙鳳後到，爲有事，寫其勞能；先爲籌畫，寫其機巧。搖前映後之筆。（王府本第三回夾批）

王熙鳳精明機靈的形象呼之欲出。又如第二十一回寶玉一早去看湘雲、黛玉，他姐妹二人還睡著，脂批云：

> 寫黛玉之睡態，儼然就是嬌弱女子，可憐。湘雲之態，則儼然是個嬌態女兒，可愛。眞是人人俱盡，個個活跳，吾不知作者胸中埋伏多少裙釵。（庚辰本第二十一回雙行批註）

以睡覺的動作姿態來刻劃人物，充分顯示出人物性格的不同。

以上所歸納的人物肖像、語言、動作的實寫，都以逼近人物性格爲目的，亦即透過豐富人物形象的描繪，典型化性格應可呼之欲出。就如賈文昭、徐召勛在《中國古典小說藝術欣賞》所言：「典型化，包括藝術概括和個性化，也包括藝術虛構和藝術誇張。典型化，就是作家馳騁藝術想像，把生活中某一類人的性格特徵集中概括到一個人身上，并予以誇大、加深、和個性化。」〔註 19〕古典小說中許多充滿個性的肖象刻劃、語言表現、動作概括，正可幫助典型化的完成。

二、虛 寫

虛寫手法可分三種來探討：（一）爲他人眼中所見之人物；（二）是以次要人物烘托主要人物；（三）是透過周遭環境來寫主要人物。〔註20〕

（一）他人眼中所見之人物

他人眼中所見之人物。這與前一節「虛實與敘事角度」並不重複，前面著眼於敘事觀點之轉換對結構虛實之影響，所強調的是敘事角度轉變所形成的情節凝鍊與主題展現的效果；此處所提到他人眼中所見之人物，是強調人物刻劃方法的跳脫，不再是單一的第三人稱全知觀點來描摹人物，而是以書中某個人物的觀點來看待其他角色，亦即第三人稱配角觀點的運用，增加人

〔註19〕同註 7，頁 59。
〔註20〕參考徐靜嫺《小說評點中的人物塑造論》，1991 年輔大中文研究所碩士論文，頁 104。

物出場的懸疑氣氛。

　　如《水滸傳》第一回九紋龍大鬧史家莊時，「三四百史家莊戶，聽得梆子響，都拖鎗拽棒，聚起三四百人，一齊都到史家莊上。看了史進，頭戴一字巾，身披朱紅甲，上穿青錦襖，下著抹綠靴，腰繫皮搭膊，前後鐵掩心；一張弓，一壺箭，手裡拿一把三尖兩刃四竅八環刀」，金聖嘆夾批云：

　　　　從三、四百人眼中看出，妙妙。

又如第三回魯智深剃度以後，到鐵匠舖門前訊問打條禪杖、一口戒刀之時，「那打鐵的看見魯智深腮邊新剃暴長短鬚，餞餞地好慘瀨人，先有五分怕他」，金聖嘆的夾批云：

　　　　從打鐵人眼中現出魯智深做和尚後形狀，奇絕之筆。

又第四回寫魯智深「跟了戒刀，提了禪杖，作別了客棧主人並鐵匠，行程上路。過往人看了，果然是個莽和尚」，金聖嘆的夾批云：

　　　　亦在過往人眼中看出「莽和尚」三字來。

又如第八回魯智深為救林沖，大鬧野豬林，回評云：

　　　　先言禪杖而後言和尚者，並未見有和尚矣，然水火棍被物隔去，則
　　　　一條禪杖早飛到面前也。先言胖大而後言皂布直裰者，驚心駭目之
　　　　中，但見其為胖大，未及詳其腳色也。先寫裝束而後出姓名者，公
　　　　人驚駭稍定，見其如此打扮，卻不認為何人，而又不敢問也。

這一段情節完全是從押送林沖的兩位公人眼中所見，自其眼中虛寫出花和尚魯智深之形象，更憑添魯達傳奇性的色彩。

　　這些都從旁人眼中虛寫人物形象、動作、衣飾，避開了作者直接敘寫，使得人物鮮活欲出，不論自一人眼中虛寫、或者兩人眼中虛寫、更甚者三四百人眼中虛寫，都使得讀者隨人物視角的推移，有不同的感受。

　　又如《三國演義》第三回對呂布之描寫。在宴會上，董卓提出欲廢少帝，丁原反對，此時董卓怒叱曰：「順我者生，逆我者死」，遂掣劍欲斬丁原。這時，董卓的謀士李儒見「丁原背後一人，生得氣宇軒昂，威風凜凜，手執方天畫戟，怒目而視」。故連忙攔住董卓。毛宗崗對此段批道：

　　　　先從李儒眼中虛畫一呂布。此處先寫戟。

接著小說寫宴會散後，董卓按劍立於園門，「忽見一人躍馬持戟，於園門外往來馳驟」。毛宗崗批道：

　　　　又從董卓眼中虛畫一呂布。前只寫戟，此處添寫馬。

蓋人物出場如果全由作者直接敘寫，則顯得呆板而無變化，且無法將其他人物的心理活動帶入小說情境中，減低了人物的能動性，而透過虛寫，正可彌補此種缺點，將人物由虛而實、由靜而動、由淺而深，一層接著一層地渲染，讀者之目光不僅隨著第三者的觀點而變化，情緒亦由懸疑而落實。

《金瓶梅》中亦有此例：如第九回「西門慶偷娶潘金蓮，武都頭誤打李皂隸」，張竹坡在回評中云：

> 內將月娘眾人俱在金蓮眼中描出，而金蓮又重在月娘眼中描出，文
> 字生色之妙，全在兩邊掩映。

此處作者避開直接正面的實筆描摹，而自人物眼中所見，虛寫出彼此的形象。

（二）以次要人物烘托主要人物

此種虛寫的手法，是透過對次要人物的著力描寫，烘托主要人物。如前一段所舉的「溫酒斬華雄」，以俞涉、潘鳳來虛寫華雄之勇，再以華雄之勇來虛寫雲長之聲勢，最後關羽和華雄的血戰情節亦全用虛筆略過，在這樣一組組虛實對應（俞涉、潘鳳→實，華雄→虛）（華雄→實，關羽→虛）的描繪裡，讀者自可想像關羽叱吒風雲的威猛。

《金瓶梅》的許多人物亦是用次要人物烘托主要人物的技巧來描寫，例如描寫西門慶的筆法，〈金瓶梅讀法〉第十八則云：

> 是寫金蓮、瓶兒，乃實寫西門之惡；寫李嬌兒，又虛寫西門之惡。
> 寫出來的既已如此，其未寫出來的，時又不知何許惡端不可問之事
> 於從前也。

以妻妾烘托出西門慶虛虛實實之惡行。又如第十三回回評寫瓶兒與西門慶密約之事，瓶兒此處純是虛寫，張竹坡評云：

> 寫瓶兒春意，一用迎春眼中，再用金蓮口中，再用手卷一影，再用
> 金蓮看手卷效尤一影，總是不用正筆，純用烘雲托月之法。

透過次要人物的烘托，人物性格與心事層層突顯出。

（三）以周遭環境來寫主要人物

虛寫還可透過周圍環境與人物來寫主要人物。如《三國演義》劉備三顧茅廬時，作者實寫孔明的居所和親友。毛宗崗批道：

> 此卷極寫孔明，而篇中卻無孔明。蓋善寫妙人者不於有處寫，正於
> 無處寫。寫其人如閒雲野鶴之不可定，而其人始遠；寫其人如威鳳

祥麟之不易睹，而其人始尊。且孔明雖未得一遇，而見孔明之居，
則極其幽秀；見孔明之童，則極其古淡；見孔明之友，則極其高超；
見孔明之弟，則極其曠逸；見孔明丈人，則極其清韻；見孔明之題
詠，則極其俊妙。不待接席言歡，而孔明之爲孔明，於此領略過半
矣。（第三十七回回首總評）

可知這些實寫的布置都是爲了烘托主要人物，亦即對主要人物的刻劃，作者
不從正面落實，而由實寫所營造出之縹緲氣氛（周圍環境與人物→實，孔明
→虛），讓讀者去感受主要人物的精神氣質。

　　由實寫與虛寫的探討可知，虛實筆觸對小說人物的塑造而言同等重要，
透過虛實的穿插運用，人物則呈現出多層的變化，實筆塑造了立體、直接、
生動的感受；而虛筆則留給人無窮的想像天地。蓋小說經常呈現人物的一生，
或某一重要的生命片斷，在敘述中間，必然不可能鉅細靡遺，必然表面會有
間歇的空白處，而其內在實仍互相聯繫；且因間歇的處理，反而使人物的血
肉更加豐滿。這正如同佛斯特所言的「小說家筆觸」，乃是選取人性中的兩三
種特性，而將其他部分棄置，因此要刪除與此特性不合的東西。〔註 21〕所以
人物之塑造透過實筆之立體與虛筆之空白的巧妙相合，小說中許多典型的範
例才能千古不朽。

〔註21〕　見《小說面面觀》（*Aspects of the Novel*），佛斯特（Edward Morgan Forster）著，
　　　　李文彬譯，志文出版社，1973 年出版，頁 60。

第四章 《三國演義》虛實論之詮評

　　《三國演義》是長篇歷史小說的開山之作，因其題材之特殊，歷來評論者意見紛陳，莫衷一是。其中有對《三國演義》之文學價值持否定態度者，如胡適認為「《三國演義》拘守歷史的故事太嚴，而想像力太少，創造力太薄弱」、「三國演義最不會剪裁，他的本領在於搜羅一切竹頭木屑，破爛銅鐵，不肯遺漏一點，因為不會剪裁，故此書不成為文學的作品」；〔註1〕而魯迅則指出自《三國演義》問世，後來做小說的很多，「明已有荒古虞夏（周游《開闢演義》，鍾惺《開闢唐虞傳》及《有夏誌傳》），東西周（《東周列國志》、《西周四友傳》），兩漢（袁宏道評《兩漢演義傳》），兩晉（《西晉演義》、《東晉演義》），唐（熊大木《唐書演義》），宋（尺蠖齋評釋《兩宋志傳》）諸史事平話，清以來亦不絕，……然大抵倣《三國演義》而不及，雖其上者，亦復拘牽史實，襲用陳言，故既拙于措辭，又頗憚于敘事。」〔註2〕充分肯定《三國演義》的價值。

〔註 1〕 見《中國章回小說考證》，胡適著，里仁書局印行，1982 年，頁 340、342。
　　　　胡適亦指出《三國演義》打破史實拘束，運用想像力的精彩部分，其云：此書中最精彩、最有趣味的部分在於赤壁之戰的前後，從諸葛亮舌戰群儒起，到三氣周瑜為止。三國的人才都會聚在這一塊。「三分」的局面也定於這一個短時期，所以演義家盡力使用他們的想像力與創造力，打破歷史事實的束縛，故能把這個時期寫得很熱鬧。（同前，頁 340）
　　　　但胡適接著云：但全書的大部分都是嚴守傳說的歷史，至多不過能在穿插瑣事上表現一點小聰明，不敢儘量想像創造，所以只能成一部通俗歷史，而沒有文學的價值。（同前，頁 340）
　　　　對《三國演義》總的評價，還是認為其拘守史實太嚴。
〔註 2〕 引文錄自《中國小說史略‧第十五篇元明傳來之講史下》，見《魯迅小說史論文集》頁 133，里仁書局，1992 年。

按胡適所云實未能充份掌握《三國演義》據史虛構的特質，如將《三國演義》與史實對照，在許多情節的安排、人物的刻劃上，可發覺其中想像力充分馳騁。而魯迅在《中國小說史略》中已指出《三國演義》據舊史而難以發揮的寫作困境，同時亦指陳《三國演義》在情節安排、人物塑造上之弊，然其並未抹煞《三國演義》在歷史演義小說群中所具有的重要性，以及其在某些人物刻劃上的功力。仔細探究胡適與魯迅對《三國演義》截然歧異的評價，歸結原因，不外是其歷史小說的身分：一方面擁有文學範疇的共性，又具備歷史性質的個別性；一方面飽含作者主觀的感受與想像，又不可避免客觀歷史事實的制約，所以說《三國演義》在基本上應是小說藝術與歷史史實的結晶。歷來史實與虛構的爭辨，約有四種說法：〔註3〕

（一）七實三虛說：即認爲書中主要人物和事件都是眞實可信的，它以藝術的形式，眞實的再現了三國時代的歷史。

（二）擺動說：認爲《三國演義》是基本符合史實而以虛構情節緣飾，是在事實與虛構間擺動。

（三）虛構說：認爲無論從情節、人物還是從思想傾向來看，《三國演義》都只能是作家羅貫中想像和虛構的產品。

（四）靈活說：認爲作品中的虛與實是對立統一的，二者渾然一體，達到虛實難分的渾成境界。也有的論者認爲，宏觀總體，《三國演義》是實中有虛；微觀局部是虛中有實，如《草船借箭》、《借東風》等。

由此可知，《三國演義》對眞假相參、虛實相生的藝術傳統，做了深刻的體現。雖然《三國演義》對虛實之運用未能如後來的《水滸》、《紅樓》之成熟，可是在小說史的長河中，亦具有開創性的價值，且其兼具題材虛實與技巧虛實的探討空間，緣此，故以之做爲虛實論的詮評對象。

第一節　《三國演義》的創作思想

辨析《三國演義》的創作思想，乃因其關乎史材之擇取、情節結構之安排、人物之塑造。思想傾向的澄清，將可透視題材虛實擇取的根本原因，以

〔註3〕見《三國演義論文集》，河南省社會科學院文學研究所選編，中州古籍出版社，1985年，頁478。關於下列四種說法所主張的學者，不再詳列，可逕參考《三國演義論文集》之整理，此外本論文第二章小說虛實論之演進亦有提及。

及結構虛實安排的基本準據，甚至人物性格塑造的基礎繩墨。底下即分三部分作討論：一、所據之版本，二、思想之探索，三、正統觀之辨析。

一、所據之版本

在進入《三國演義》的創作思想剖析前，先對其版本作一說明。

元末明初羅貫中編成《三國志通俗演義》後，刊本流傳頗多，今所存最早刊本為明嘉靖壬午年（1522）刊本，前有弘治甲寅年（1494）庸愚子序。〔註4〕而時下流行的版本是毛宗崗修訂的百二十回本，修訂的內容（評點除外）在該書的「凡例」中有十點說明，徵引如下：〔註5〕

（一）俗本之乎者也等字，大半齟齬不通。又詞語冗長，每多複沓處，今悉依古本改正，頗覺直捷痛快。

（二）俗本紀事多訛，如昭烈聞雷失箸及馬騰入京遇害，關公封漢壽亭侯之類，皆與古本不合。又曹后罵曹丕，詳於范曄《後漢書》中，而俗本反誤書其黨惡；孫夫人投江而死，詳見《梟姬傳》中，而俗本但紀其歸吳，今悉依古本辨定。

（三）事有不可闕者，如關公秉燭達旦，管寧割席分坐，曹操分香賣履，于禁陵廟見畫，以至武侯夫人之才，康成侍兒之慧，鄧艾鳳兮之對，鍾會不汗之答，杜預《左傳》之癖，俗本皆刪而不錄。今悉以古本存之，使讀者得窺全豹。

（四）《三國》文字之佳，其錄於《文選》中者，如孔融荐彌衡表，陳琳討曹操檄，實可與前、後《出師表》平傳，俗本後闕而不載。今悉依古本增入，以備好古者之覽觀焉。

（五）俗本提綱，參差不對，雜亂無章，又於一回之中，分上下兩截。

〔註4〕周兆新先生於〈舊本三國演義考〉，（見《三國演義考評》，周兆新著，北京大學出版，1990年，頁199至307），曾將明萬曆年間鄭少垣聯輝堂刊《新鍥京本校正通俗演義按鑑三國志傳》、楊春元校梓《重刻京本通俗演義按鑑三國志傳》、劉龍田喬山堂刊《新鍥全象大字通俗演義三國志傳》、余象斗雙峰堂刊《新刻按鑑全象批評三國志傳》、湯賓尹校正《新刻湯學士校正古本按鑑演義全象通俗三國志傳》加以比較，均與嘉靖本注釋中所提到的舊本相符，且這些版本中許多正文與夾注均與嘉靖本不盡相同，故把嘉靖本直接當作「最接近原著面貌的刻本」的觀點未必妥當。然現存所有的明刊《演義》中，以嘉靖本的時代最早應無疑。

〔註5〕以下凡例見《貫華堂第一才子書》，毛宗崗評《三國志演義》，康熙年刊本之朝鮮刊本，中央圖書館善本書室藏。

今悉體作者之意而聯貫之，每回必以二語對偶為題，務取精工，以快閱者之目。

（六）俗本謬托李卓吾先生批閱，而究竟不知出自何人之手。其評中多有唐突昭烈、謾罵武侯之語，今俱削去，而以新評校正之。

（七）俗本之尤可笑者，與事之是者，則圈點之，與事之非者，則塗抹之……今斯編評閱處，有圈點而無塗抹，一洗從前之陋。

（八）敘事之中，夾帶詩詞，本是文章極妙處。而俗本每至「後人有詩嘆曰」，便處處是周靜軒先生，而其詩又甚俚鄙可笑。今此編悉取唐宋名人作以實之，與俗本大不相同。

（九）七言律詩，起於唐人，若漢則未聞七言律也。俗本往往捏造古人詩句，如鍾繇、王朗頌銅雀臺，蔡瑁題館驛屋壁，皆偽作七言律體，殊為識者所笑。今悉依古本削去，以存其真。

（十）後人捏造之事，有俗本演義所無，而今日傳奇所有者，如關公斬貂蟬，張飛捉周瑜之類，此其誣也，則今人之所知也。有古本《三國志》所無，而俗本演義所有者，如諸葛亮欲燒魏延於上方谷，諸葛瞻得鄧艾書而猶豫未決之類，此其誣也，則非今人之所知也。不知其誣，毋乃冤古人太甚，今皆削去，使讀者不為齊東所誤。

故毛宗崗的改動正如魯迅所說：「凡所改定，就其序例可見，約舉大端，則一曰改，……二曰增，……三曰削，……其餘小節，則一者整理回目，二者修正文辭，三者削除論贊，四者增刪瑣事，五者改換詩文而已。」，〔註6〕將文字水平提高了。然這些細節的更動，卻直接影響到作品的思想傾向，與羅本產生了扞格。如毛本第一回開端的一闋詞：「滾滾長江東逝水，浪花淘盡英雄。是非成敗轉頭空：青山依舊在，幾度夕陽紅。白髮漁樵江渚上，慣看秋月春風。一壺濁酒喜相逢：古今多少事，都付談笑中。」，以及正文前的幾句話「話說天下大勢，分久必合，合久必分……傳至獻帝，遂分為三國。」都代表著毛氏本身的循環史觀，並非羅貫中的思想。又如羅本中常出現虜、胡、夷、越的字眼或官銜稱呼，例孫堅曾被漢代封為「破虜將軍」，孫權也被曹操封為「討虜將軍」，甘寧為「平虜將軍」、孫皎為「征虜將軍」，這與羅氏本身的民族意識有關，而毛宗崗因處於康熙文字獄大興的時代，故將這類的官銜稱呼

〔註6〕引文錄自《中國小說史略・第十四篇元明傳來之講史上》，見《魯迅小說史論文集》，里仁書局，1992年，頁116、117。

都加以刪削，可以看出毛宗崗的某些觀念是受歷史因素影響的。如果把這些改動的點點滴滴都視為羅氏之創作思想，或作為《三國演義》的主題來研究的話，是不合乎實際。

　　此外羅本中多處提及的「天下者，非一人之天下，乃天下人之天下也，惟有德者居之」亦被毛本剔除淨盡。引文如下：

　　王允：「天下者非一人之天下，乃天下人之天下……」（《演義》卷二第五則「司徒王允說貂蟬」）

　　薛綜：「天下者非一人之天下，乃天下人之天下也，故堯以天下禪於舜，舜以天下禪於禹……」（《演義》卷九第五則「諸葛亮舌戰群儒」）

　　諸葛亮：「古人云，天下者非一人之天下也，乃天下人之天下也……」（《演義》卷十一第一則「周瑜南郡戰曹仁」）

　　諸葛亮：「自三皇五帝開天立地以來，天下者非一人之天下，乃天下人之天下也。……」（《演義》卷十一第七則「周瑜定計取荊州」）

　　張松：「天下者非一人之天下，乃天下人之天下也。有德者居之。……」（《演義》卷十二第九則「張永年返難楊修」）

　　華歆：「昔日三皇五帝以德相讓，無德讓有德也。……天下者非一人之天下，乃天下人之天下也，非陛下祖公傳繼天下……」（《演義》卷十六第九則「廢獻帝曹丕篡漢」）

這種公天下而非家天下、強調有德者為政的思想，不同於毛氏之正統史觀。故本節所討論的創作思想，以明嘉靖《三國志通俗演義》（以下簡稱《演義》）為準據，應可更接近作者的原創思想。

二、思想之探索

　　恆常我們習慣於主題的探索，希望藉由主題的指向，貫穿文本所承載的內容。然針對一部作品往往有人強調「多主題」或「主題多義性」，就如同對於《三國演義》的主題探析一樣，各執一隅，紛陳雜亂，諸如「謳歌封建賢才」說、「悲劇」說、「總結爭奪政權經驗」說、「天下歸一」說、「擁劉反曹」說、「嚮往統一，歌頌忠義」說、「仁政」說、「民本思想」說、「人民願望」說……等等，因各個研究者的不同角度、不同觀點，而有不同的主題出現。

　　《三國演義》主題的呈示，並未藉由作者的序跋之類，對創作意圖加以

表明;而且在其中所設置的詩詞,也未見可以貫穿全書主題的線索;加上作品本身即是開放性的空間,詮釋的角度不同,自有迥異的領悟,所謂「知多偏好,人莫圓該」《文心雕龍‧知音》,這些都說明了主題的歧義性。其實,「主題」隱含著作者情感體驗、及審美指向,亦即一部作品均有其相對應、相連接的思想傾向,而此種思想傾向並不意味著作品的主題,而是決定作品情感體驗和審美指向的標杆。更確切地說,思想觀念影響、制約了創作時的心理,進而促成了創作者對許多素材某種價值選擇的趨向。正如李晶先生所言:「小說主題的歷史演化,小說主題模式的生成與流變,都體現著一定的思想文化觀念,體現著思想文化觀念的價值選擇。」〔註7〕因此本文捨棄了《三國演義》具有模糊性與相對性的多主題探索,轉而由作品的情節安排、人物臧否、性格刻劃等方面,解讀《三國演義》的創作思想。

首先必須了解到《三國演義》的題材來源十分廣泛,除了擇取有關三國的戲曲與講史平話故事外,更依據司馬光《資治通鑒》、范曄《後漢書》、房玄齡、褚遂良等撰的《晉書》、陳壽《三國志》和裴松之的注進行改編。這兩脈的題材來源,所表現的思想傾向不盡相同,羅貫中除了依據史書作史實的串聯外,更向戲曲、平話等同類文學作品的傳統靠攏,而這傳統正是「擁劉反曹」的思想傾向。早在北宋蘇軾的《東坡志林》卷一「塗巷小兒聽說三國語」中即有如下的記載:

　　塗巷中小兒薄劣,其家所厭苦,輒與錢,令聚坐聽說古話。至說三
　　國事,聞劉玄德敗,顰蹙有出涕者,聞曹操敗,即喜唱快。〔註8〕
即可印證當時的「說三分」已有「擁劉反曹」的思想傾向。而元代至治年間刊刻的《三國志平話》與元雜劇中的三國戲,其「擁劉反曹」的思想更是一致。〔註9〕

落實到《三國演義》中的細節描寫來看,如《三國演義》寫到曹操為父報仇,公然下令,奪城池,而將城中百姓盡行殺戮,兵士所到之處發掘墳墓,洛陽人民身陷戰火,飢寒交迫,瀕於死亡。到建安元年,漢獻帝入洛陽,宮

〔註7〕　見《歷史與文本的超越》,李晶著,上海社會科學院出版社,1991年,頁134。
〔註8〕　《東坡志林》,見《叢書集成簡編》第725冊,王雲五編,商務印書館印行,1965年。
〔註9〕　葉維四、冒炘著的《三國演義創作論》,探討了《三國演義》的繼承與創造,將《三國演義》與《三國志平話》、元雜戲中的三國戲詳加比較,可供參考,江蘇人民出版社,1983年出版,頁15到63。

室燒盡，街市蕭條，滿目皆是蒿草，洛陽居民僅有數百家，無可為食，盡出城去剝樹皮，掘草根而食的慘狀。這些情節充分揭發了曹操的極端利己主義和暴虐殘忍。而與曹操相對立的劉備一方，則兼具了「忠義」、「仁政」的特質，描寫劉備在早年率兵路過徐州，百姓就「焚香遮道，請留使君為牧」，「陶謙三讓徐州」的情節突出了劉備仁君之形象；領益州牧時，更有「開倉賑濟百姓，軍民大悅」的義舉；再者攜民渡江一節，劉備充分表現了民吾同胞的襟懷；最後白帝城托孤，劉備仍以安邦定國為念。在蜀漢這方的諸葛亮，作者也對其忠貞、智慧、鞠躬盡瘁、死而後已的精神，推崇不已。其他的蜀國大將如關羽、張飛、趙雲、馬超、黃忠、姜維等，作者亦集中概括他們捍衛蜀國、北伐中原驍勇善戰的形象。這些都流露出「擁劉反曹」的思想傾向。

　　再者，作者為了「擁劉反曹」的思想觀念，改寫了許多史實情節（這在第二節題材虛實之運用中作了詳細的探討），以符合人們心目中人物的既定形象，更寄寓了褒貶臧否於其中。如歷史上的曹操是兼具「奸」與「雄」兩種性格特徵的，作者當然沒有抹煞其雄才大略、才華橫溢的一面，如謀董賊孟德獻刀的英雄氣概、溫酒斬華雄的識拔奇才、袁曹之戰、平烏桓、征張魯的定亂扶衰……等等；然而作者對曹操奸邪性格形象的塑造則著墨更多，如宛城戰張繡、淯水哭典韋、借首示眾、割髮代首、借刀殺人、殺呂伯奢、許田射獵、三勘吉平、殺董承、殺伏后、敗走華容道……等等。這些情節，正是以歷史人物曹操「奸」和「雄」的性格為基礎，加以想像虛構，而側重突出其權相奸臣的特徵，進而讓曹操成為不朽的反派典型。而相對於劉備此方的描寫，卻以「仁」、「義」為依歸，且為了突顯人物重義的品格，處處為「賢者諱」，如彝陵之戰，劉備不顧眾將的勸阻誓為關羽報仇，罔視統一大業的目標，破壞孫劉聯盟的前提，一意孤行，剛愎自用，邈視陸遜的作戰能力……等等，而羅貫中卻一秉其為「賢者諱」的態度，並未苛責劉備，反而藉著下列幾段話，將劉備重義的形象加以提昇。

　　朕自桃園與關、張結義，誓同生死。今不幸二弟關羽被東吳孫權所害，此仇誓不共天地同日月也。今朕已即帝位，皆賴卿等扶持，若不與關公報仇，是負當時之盟也。朕今起傾國之兵，剪伐東吳，生擒逆賊，以祭關公，方雪此恨，是朕之願也……（《演義》卷十七第二則「劉先主興兵伐吳」）

　　　朕不與弟報仇，雖有萬里江山，何足為貴……（同前）

　　　二弟俱亡，朕獨在世，乃負當日之盟也……（同前）

殺吾弟之仇，不共天地同日月也，若要朕罷兵，除死而休。（同前）
故整部《三國演義》以結義始，以殉義終，思想傾向十分鮮明。

又如諸葛亮的形象，小說以忠貞和智慧作爲他的內涵特徵，赤壁之戰反映了他洞察天下、卓具遠見的戰略思想和臨戰的指揮才能，與外交家的風度；七擒七縱，更刻劃他掌握攻心爲上的軍事思想；六出祁山，突出其鞠躬盡瘁、忠貞不渝的志節；白帝城托孤，更將其一片赤誠之心表露無遺。這些情節刻劃，有相當多的成份是不符合史實的：舉《三國演義》中的赤壁之戰，與歷史記載相比，就有如下的差異：

建安十三年冬季，劉備與周瑜的軍隊聯合作戰，在赤壁和烏林地區打敗了曹操的軍隊。《三國演義》卻說，劉備的軍隊沒有參加赤壁和烏林「火燒戰船」的決戰，只派諸葛亮一個人到周瑜帳中；後來諸葛亮派趙雲等人到烏林以西，襲擊曹操的敗軍。如果從史學家的眼光來看，《三國演義》不僅違反基本史實，而且不合情理。因爲曹操的軍隊號稱八十萬，實際上至少二十多萬，周瑜的軍隊僅僅三萬，他不可能不利用劉備的兩萬軍隊參加決戰。劉備也沒有理由只派諸葛亮一人出馬，把其餘的軍隊全保存下來，專等著搶奪勝利果實。〔註10〕

其他如「三氣周瑜」改寫了周瑜風流倜儻的性格、「取益州和漢中」將劉備之戰功轉移給諸葛亮、「七擒孟獲、六出祁山」將簡短的史實擴大渲染，這些都與史實有多處扞格，〔註11〕而其中的誇張虛構處，不難看出作者對諸葛亮此一人物極褒賞之能事。更甚者如「失街亭」，這是諸葛亮北伐曹魏的一次失敗戰役，其重要性是影響北定中原的戰略全局，孔明錯識馬謖，導致兵敗。然作者並未嚴加譴責孔明之失，反而轉寫其在失敗中的機智謹愼、沉著應變的指揮才能，以及執法不阿、嚴於責己的精神。

至於關羽重義形象的建構，則完全是在《三國志》中「先主與二人（即關羽、張飛）寢則同床，恩若兄弟」幾句話；以及關羽降曹後，雖被拜爲偏將軍、封爲漢壽亭侯、禮之甚厚、重加賞賜，卻毫無戀棧之意，這二點史實基礎上建構起來的。然而《三國演義》卻增添了許多情節，如溫酒斬華雄、屯土山約三事、掛印封金、過關斬將、古城會⋯⋯等，勇猛善戰之形象、忠義薄天之性格，「財賄不能動其心，爵祿不能移其志」的赤膽忠誠奔赴眼前。

〔註10〕見《三國演義考評》，周兆新著，北京大學出版社，1990年，頁113。
〔註11〕可詳見本論文第四章第四節「《三國演義》人物虛實之塑造」中的分析，頁96～102。

其中不乏許多虛構之處，如：關羽過關斬將，斬顏良是事實，然而史書上並未提及關羽誅文醜，史書上的記載是曹操親自指揮騎兵，在延津（河南省延津縣）以南殺死文醜。而最後的失荊州、走麥城，最主要的原因是關羽驕傲自負、蔑視孔明一再告誡「東和孫吳」的重要性，然作者對關羽並未嚴加撻伐，反而以無限惋惜的口代替批判。

　　自以上所言的情節安排、性格刻劃、人物褒貶，羅貫中思想底層的確有「擁劉反曹」的傾向，故在情節的描摹上，多有所側重而發揮。

三、正統觀之辨析

　　歷來《三國演義》被討論最多的是——其到底具有正統思想否？前面所言「擁劉反曹」的思想傾向是否能代表羅貫中的正統思想？要解決這個問題必須了解何謂正統思想觀？回溯正統觀的源頭，可發現正統思想是一種歷史觀，漢代以後的學者，往往依據不同的標準，將各個封建王朝劃分為「正統」和「閏位」（或「僭位」）兩大類，這就是正統思想的具體表現。〔註12〕

　　之於三國歷史而言，西晉陳壽的《三國志》是以魏為正統，在《志》中《魏書》的篇幅是《蜀書》的三倍多（《魏志》五十卷，《吳志》二十卷，《蜀志》十五卷），魏武的篇幅是劉備的兩倍，而且它只稱曹氏為「帝」，給予「紀」的規格，標目為「武帝紀」、「文帝紀」，而對劉氏父子只稱「先主」、「後主」，予以「傳」的待遇，標目為「先主傳」、「後主傳」，以魏為正統十分明顯。

　　到了東晉習鑿齒作《漢晉春秋》以蜀為正統，其上給皇帝的一篇疏論中駁斥了「以晉承魏」的觀點，其云：

> 若以魏有代王之德，則其道不足；有靖亂之功，則孫劉鼎立。道不足，則不可謂制當年；當年不制于魏，則魏未曾為天下之主；王道不足于曹，則曹未始為一日之王矣。（見〈晉宜越魏繼漢不應以魏後為三恪論〉，見《叢書集成》中《漢晉春秋》輯本）

又云：

> 以晉承漢，功實顯然；正名當事，情體亦厭。又何為虛尊不正之魏，而虧我道于大通哉。（同前）

可知其「以晉承漢」的觀點中，「漢」即應包括蜀漢在內，其又云：

> 漢高之正胄也，信義著于當年，將使漢室亡而更立，宗廟絕而復繼，

〔註12〕同註1，頁96。

　　誰云不可哉？（見習鑿齒：〈別周魯通諸葛論〉，見《叢書集成》中

　　《漢晉春秋》輯本）

所以他於《漢晉春秋》中，漢獻帝建安年號之後便接劉備章武年號，接著劉
禪建興、延熙、景躍、炎興等年號，底下接續晉武泰始年號，體現了「以晉
承漢」的觀點。

　　縱然習鑿齒的《漢晉春秋》以蜀爲正統，之後各家仍對所謂的「正統」
之說，各有不同的定義範圍，如司馬光在《資治通鑒・魏紀一》中有云：

　　臣愚誠不足以識前代之正閏，竊以爲苟不能使九州合爲一統，皆有

　　天子之名而無其實者也。雖華夷、仁暴、大小、強弱或時不同，要

　　皆與古之列國無異，豈得獨尊獎一國謂之正統，而其餘皆爲僭僞哉？

　　然天下離析之際，不可無歲、時、月、日以識事之先後，據漢傳于

　　魏而晉受之，晉傳于宋以至于陳而隋取之，唐傳于梁以至于周而大

　　宋承之，故不得不取魏、宋、齊、梁、陳、後梁、後唐、後晉、後

　　漢、後周年號，以紀諸國之事，非尊此而卑彼，有正閏之辨也。昭

　　烈之於漢，雖云中山靖王之後，而族屬疏遠，不能紀其世數名位，

　　亦猶宋高祖稱楚元王後，南唐烈祖稱吳王恪後，是非難辨，故不敢

　　以光武及晉元帝爲此，使得紹漢氏之遺統也。

可知司馬光以魏爲正統，實是爲了記事之便。嚴格算起來，司馬光認爲眞正
「使九州合爲一統」的王朝，才稱得上正統。當國家分裂，同時幾個政權並
存時，這種情況並未有「正統」及「僭僞」之別。而《資治通鑑》在記載三
國時代的歷史時，以曹魏爲年號，並未有尊曹抑劉之用意。而歐陽修則有不
同的意見，其云：

　　昔三代之興也，皆以功德……自秦以來，興者以力，故直較其跡之逆

　　順、功之成敗而已。彼漢之德，自安和而始衰，至桓靈而大壞，其衰

　　亂之跡，積之數世，無異三代之亡也。故豪傑并起而爭，而強者得之，

　　此直較其跡爾。故魏之取漢，無異漢之取秦，而秦之取周也。夫得正

　　統者，漢也。得漢者，魏也。得魏者，晉也。晉嘗統天下矣，推其本

　　末而言之，則魏進而正之，不疑。（〈魏論〉，見《歐陽修全集》卷三）

很明顯地，歐陽修是以「跡之逆順」、「功之成敗」作爲判別「正統」與「僭
位」的標準，因此把曹魏提升爲正統。而蘇軾之意見則爲：

　　夫所謂正統者，猶曰有天下云爾。正統者果名也，又爲實之知？視

> 天下之所同君而加之，又焉知其他……夫魏雖不能一天下，而天下
> 亦無有如魏之強者。吳 雖存，非兩立之勢，奈何不與之統？（〈正
> 統辨論〉中，見《蘇東坡全集》第二十一卷）

蘇軾認爲只要統一全國的王朝就可稱爲「正統」，在三國時，以國力論曹魏最強，且滅了蜀漢，吳國也難與匹敵，所以「正統」屬魏應是合理的。到了南宋朱熹的《通鑑綱目》以蜀爲正統，直接承繼東漢，在「漢獻帝建安二十五年」後，便緊接著大書「漢昭烈帝章武元年」，而朱熹曾在《朱子語類‧論自注書》中云：「只天下爲一、諸侯朝覲獄訟皆歸，便是得正統。」這與蘇軾的標準相同，只要是統一全國，即是正統。然蘇、朱二人觀點有異，蘇軾認爲蜀漢雖自稱爲漢，實際上是劉備新創的一個國家，它沒有統一全中國，而且比魏、吳兩國都弱，所以不算正統。而朱熹把蜀漢與漢朝合爲一體，漢朝統一過全中國，得到了正統地位，蜀漢雖偏安一隅，但它是漢朝的延續，也應給它正統地位。

由以上可知，正統觀並不等於萬世一系的帝王思想，亦不等於忠君思想，正統思想之於歷史而言，只是確立各個王朝或政權的歷史地位。即持有正統觀的人，未必尊蜀漢爲正統，也未必貶低曹操，亦即正統觀與擁劉反曹的思想傾向必須分別視之。

我們在檢視《三國演義》的創作思想時，其「尊劉貶魏」的傾向是很明顯的，那是否代表羅貫中以蜀漢爲正統呢？試看《三國演義》卷六與卷七有關「袁曹之戰」的描寫，曾云曹操可爲「中原之主」，又把曹操比作劉邦、劉秀，又藉父老之口，稱曹操爲「眞人」，亦即「眞命天子」的意思。〔註13〕可見羅貫中並未確認蜀漢與曹魏的正僞之別。

至於毛宗崗所評改的《三國演義》，其在〈讀三國志法〉第一段即指出他評點的政治觀、歷史觀、道德觀：

> 讀《三國志》者，當知有正統、閏運、僭國之別。正統者何？蜀漢
> 是也。僭國者何？吳魏是也。閏運者何，晉是也……陳壽之志，未
> 及辨此，余故折衷于紫陽《綱目》，而特于《演義》中附正之。

〔註13〕 把曹操比作劉邦、劉秀，可見《演義》卷六之詩云：「三國初爭勢未分，獨行謀策最機深。不追關將令歸主，便有中原霸業心。」、「盡把私書火內焚，寬洪大度播恩深，曹公原有高光志，贏得山河付子孫」。稱曹操爲「眞人」，可見《演義》卷七之描寫：曹操在官渡之戰後乘勝追擊，到達黃河岸邊時，當地父老對他說，漢桓帝時的殷馗曾經預言，「後五十年，當有眞人起于梁沛之間，其鋒不可當。」

毛宗崗認爲魏不得爲正統，因爲正統有兩個標準，即是論地與論理，魏雖地處中原，但劉備是中山靖王之後，而曹操是中常侍之養孫，由於「論地不若論理」，所以，劉備是正統。在第一回評中更云：「後人猶有以魏爲正統，而書蜀兵入寇者，何哉？」，此處的後人所指的是以魏爲正統的陳壽、司馬光、歐陽修、蘇軾等人，毛氏所持的觀點是曹操僭越爲人臣的本份，以武力奪取政權，故魏國是僭國，蜀國才是正統。毛氏還特別讚揚朱熹在《通鑑綱目》中尊蜀漢的觀點。

毛評本的正統思想只能算是毛宗崗的想法，並不能代表羅貫中的正統觀。故總括而言，羅貫中編撰的《三國演義》，繼承了講史家「擁劉反曹」的思想傾向。但對于三國何者是正統，並未有清楚而明確的論斷。

第二節　《三國演義》題材虛實之運用

前已述及《三國演義》題材來源十分多元，其不僅參考了正史，更博覽了大量野史、佚聞，同時也吸取話本融會貫通的經驗，將各種題材來源作縝密的安排。魯迅在《中國小說史略》中曾言：「凡首尾九十七年（西元 184～280 年）事實，皆排比陳壽《三國志》及裴松之注，間以仍采平話，又加推演而作之；論斷頗取陳、裴及習鑿齒、孫盛語，且更盛引『史官』及『後人』詩。」〔註 14〕指陳出《三國演義》具有豐富的題材源頭。正因其題材源頭的廣布，引發《三國演義》到底屬於史書、或者小說定位問題的探討。

一、評騭《演義》應持之觀點

其實就小說的本質而言，小說的故事性是藉虛構而獲得，即指虛構性是成爲小說的要素之一。小說家透過想像的作用將人物的語言、動作、表情、相貌一一化爲文字；而史家卻往往摒棄這些無關宏旨的枝微末節，而載錄其認爲較重要的史料，如各朝的典章、禮樂制度……等等，故史書是無法代替小說的（即使是歷史小說），同樣小說也無法承攬史書的任務。如果更仔細判別歷史著作與歷史小說，可有底下的比較：〔註 15〕

第一、歷史著作是屬於歷史科學的範圍，它只能寫歷史上已經發生過的

〔註 14〕同註 6，頁 113 至 114。此處魯迅所言《演義》內容的起始時間與原典有扞格，《演義》是從漢靈帝建寧二年開始敘述的，即西元 169 年。

〔註 15〕三點比較中的第一、第二點比較參考《三國演義論文集》，河南省社會科學院文學研究所選編，中州古籍出版社，1985 年，頁 331。

事，並通過這些已發生過的事（當然是經過選擇的事）來說明歷
史；而歷史小說是屬於文學範疇，它不僅可以寫歷史上已經發生
過的事，而且可以寫雖未發生過，但可能發生的事，它是通過藝
術形象來反映歷史的。

第二、歷史著作的取材只能囿限於史料的範圍，亦即就歷史人物本身已
有過的事跡進行選擇和敘述，它側重於闡述歷史發展的規律，雖
然作史者也可有自己的觀點、傾向，但所述不能悖離相關的歷史
事實範圍，更不能虛構；歷史小說則不同，它的作者是在通曉全
部歷史事件、歷史人物，並在有把握一個時代的歷史特點和歷史
風貌的基礎上，再進行藝術概括的。

第三、歷史著作應當且可以對歷史人物在歷史上的作用，進行考察和評
價；而歷史小說並不要求單從人物的歷史作用上著眼，而主要在
於表現人物性格的真實性和典型性。

故歷史小說是不能以史學的觀點來評斷，否則將無法詮解歷史小說的文
學屬性，亦囿限了小說家進行藝術創造反映生活現實的權利。然而擺脫史實
的局限外，歷史小說，也需要重視基本史實與歷史客觀規律的，此即澄清了
歷史小說的獨特性：〔註 16〕歷史文學具有一般文學所共有的屬性，故其可以
不拘受於歷史科學的條件限制；然其具有不同一般文學的特殊個性，它是取
材於歷史的文類，在處理文學與史實的關係上，它與一般文學作品相比，多
了一層顧慮，如果完全抹煞歷史文學與歷史事實的關係，亦即等於取消了歷
史文學，將歷史文學渾融到一般文學作品中。

故對《三國演義》之詮評，純以史學觀或美學觀，都失之偏狹。真正認
清《三國演義》的題材取向是──取材於史又不囿於史的特徵，則其中虛實
之安排，自有脈絡可尋。

二、《演義》題材虛實運用之方式

認清切入《演義》的基本觀點後，再探討其對題材虛實之運用。

（一）挪移改造

作者往往為了情節發展及人物形象刻劃之需要，將史實中的時間、地點、

〔註16〕同註 15，頁 419。

人物加以轉移。

如例一：據《三國志·魏書·武帝紀》與裴松之注，漢獻帝興平二年夏季，曹操的軍隊殺死呂布的將領薛蘭，又攻克定陶，同年十二月攻克雍丘，守衛雍丘的張超被迫自盡，然後曹軍東略陳地。建安元年二月，曹軍敗了汝南、潁川的黃巾軍。引述原文如下：〔註17〕

> （興平二年）夏，布將薛蘭、李封屯鉅野，太祖攻之，布救蘭，蘭敗，布走，遂斬蘭等。布復從東緡與陳宮將萬餘人來戰，時太祖兵少，設縱奇兵擊，大破之。布夜走，太祖復攻，拔定陶，分兵平諸縣。布東奔劉備，張邈從布，使其弟超將家屬保雍丘。秋八月，圍雍丘。冬十月，天子拜太祖兗州牧。十二月，雍丘潰，超自殺。

> 汝南、潁川黃巾何儀、劉辟、黃邵、何曼等，眾各數萬，初應袁術，又附孫堅。（建安元年）二月，太祖進軍討破之，斬邵等，辟、儀及其眾皆降。

然《演義》卷三第四則「曹操定陶破呂布」卻云，曹軍先東略陳地，並且打敗汝南、潁川的黃巾軍，然後才殺死薛蘭，又攻克定陶，張超自殺的地點是在定陶，而不是在雍丘。

例二：據《三國志·魏書·呂布傳》上記載，建安元年夏，「備東擊術、布襲取下邳，備還歸布。布遣備屯小沛。布自稱徐州刺史。」〔註18〕又據裴注引《英雄記》言：「布初入徐州，書與袁術。術報書云：『……今送米二十斛，迎逢道路……』」〔註19〕袁術許助布以軍糧。後呂布果然奪取了徐州的治所下邳，並且俘獲劉備的妻子。據《三國志·蜀書·先主傳》曰：「先主與術相持經月，呂布乘虛襲下邳。下邳守將曹豹反，閒迎布。布虜先主妻子，先主轉軍海西。」〔註20〕可知。

然《演義》卷三第八則「呂布夜月奪徐州」與卷四第一則「呂奉先轅門射戟」卻說，徐州乃是一座城市，呂布攻入徐州並俘獲劉備的妻子之後，袁術方才寫信給他，許諾助以軍糧。

例三：《三國志·魏書·武帝紀》云：「袁術自敗於陳，稍困，袁譚自青

〔註17〕底下引文見《三國志》，洪氏出版社，1984年，頁12、13。
〔註18〕同註17，頁222。
〔註19〕同註17，頁223、224。
〔註20〕同註17，頁873。

州遣迎之。術欲從下邳北過，公（曹操）遣劉、朱靈要之。會術病死。程昱、郭嘉聞公遣備，言於公曰：『劉備不可縱。』公悔，追之不及。備之未東也，陰與董承等謀反，至下邳，遂殺徐州刺史車冑，舉兵屯沛。」〔註21〕此段史實即記載建安四年冬季，曹操派劉備到徐州阻止袁術北上，劉備趁機擺脫曹操的控制，占領下邳，殺死徐州刺史車冑。

　　然《演義》卷五第二則「關雲長襲斬車冑」卻說，車冑奉曹操之命，欲暗害劉備。陳登將這一機密告訴關羽和張飛，於是關羽襲斬車冑。

　　例四：《三國志・魏書・武帝紀》上說：「（建安九年）五月，毀土山、地道，作圍塹，決漳水灌城；城中餓死者過半。秋七月，尚還救鄴……使尚降人示其家，城中崩沮。」〔註22〕此段史實陳述：建安九年五月曹操引漳河水灌鄴城，袁尚率兵回救鄴城，未能成功。

　　然《三國演義》卷七第四則「曹操決水淹冀州」把鄴城說成冀州，並說袁尚先率兵回救冀州，未能成功，然後曹操引漳河灌冀州。

　　《演義》中將時間、地點或者事件的前因後果作改動的例子不勝枚舉，其所呈現的面貌往往與史實大相逕庭，作者乃依據創作需要而改動的。

　　又如《演義》中怒鞭督郵一段，把莽張飛的率直爽快活躍紙上，而據《三國志・蜀書・先主傳》云：「先主率其屬從校尉鄒靖討黃巾賊有功，除安喜尉。督郵以公事到縣，先主求謁，不通，直入縛督郵，杖二百，解綬繫其頸著馬仰，棄官亡命。」〔註23〕怒鞭督郵分明就是劉備所為，然羅貫中為塑造劉備的仁義形象，將事件移轉到張飛身上（可見《演義》卷一第三則「安喜張飛鞭督郵」）。同樣地，前面所提的「殺車冑」，據《三國志》所載亦是備所為，然到《演義》中卻變成關羽瞞著劉備設計殺了車冑，而劉備的反應則是「大驚」、「懊悔不已」。這些破壞劉備仁義性格的情節，往往轉嫁到別個人物身上，透過一點一滴的挪移改造，劉備寬厚的形象被強化了。

　　又如群英會中的蔣幹雖替曹操遊說過周瑜，但那是赤壁之戰以前的事情，而且地點也不在赤壁。據《三國志・吳書・周瑜傳》裴注引《江表傳》云蔣幹風度翩翩，「以才辯見稱，獨步江淮之間，莫與為對」，〔註24〕因此曹

〔註21〕同註17，頁18。
〔註22〕同註17，頁25。
〔註23〕同註17，頁872。
〔註24〕同註17，頁1265。

操才密下揚州，使幹見瑜，冀以言詞勸說周瑜。蔣幹聞命，欣然前往。在見面之時，周瑜先發制人，馬上說：「子翼良苦，遠涉江湖爲曹氏作說客邪？」〔註25〕蔣幹無功而返。作者依據史實簡單的面目，將之挪移到赤壁之戰的群英會中，增寫了蔣幹盜書、中計的種種情節，使得蔣幹這一人物在赤壁之戰中具有舉足輕重的地位。這就不僅是時間的移動而已，且有巧妙的生發點染。敷演成《演義》卷九第十則「群英會瑜智蔣幹」高潮迭起的情節。

　　又如草船借箭，《三國志‧吳書‧吳主傳》裴注引《魏略》載：「權乘大船來觀軍，公使弓弩亂發，箭著其船，船偏重將覆。權因回船，復以一面受箭，箭均船平乃還」。〔註26〕在《平話》裡這段史實中的孫權被改爲周瑜，「受箭」被改爲「借箭」。到了《演義》，更將「借箭」一事挪移到諸葛亮身上。如此一來，諸葛亮料事如神的形象又增一筆。

　　又如孫權嫁妹一段，《三國志‧吳書‧周瑜傳》載周瑜曾上書建議孫權「宜徙備置吳，盛爲築宮室，多其美女玩好，以娛其耳目」，〔註27〕而孫權並未接納。在《三國志‧蜀書‧先主傳》還云：「權稍畏之，進妹固好。先主至京見權，綢繆恩紀。」〔註28〕《演義》即據「進妹固好」改造成孫權嫁妹（可見《演義》卷十一第八則「劉玄德娶孫夫人」）。而其中吳國太的相親場所甘露寺，是在甘露元年才建，小說把甘露寺出場的時間移前了。

　　以上所舉之例可說是小幅時間、地點、人名或事件的更動，在《演義》中更有大幅度將史實挪移改造者，試舉例如下：

　　如討董卓這一部分的史實，據《三國志》與裴注記載，歷史上起兵討董卓的刺史與太守大概十三人，而《演義》卻增加孔融、陶謙、馬騰、公孫瓚、張揚等五人，這五人均處於漢末，然卻無聲討董卓的事蹟，作者加上這五人，乃藉此五人之名壯大關東聯軍的勢力。

　　又據《三國志‧魏書‧武帝紀》所載：「（初平元年春）二月，卓聞兵起，乃徙天子都長安。卓留屯洛陽，遂焚宮室。……（初平二年）夏四月，卓還長安。」〔註29〕據史實初平元年春季，董卓決定遷都長安；舊曆二月十七日，漢獻帝被迫西行，董卓仍然留守洛陽；過了一年後，初平二年夏季，董卓抵

〔註25〕同註24。
〔註26〕同註17，頁1119。
〔註27〕同註17，頁1264。
〔註28〕同註17，頁879。
〔註29〕同註17，頁7、8。

擋不住孫堅的進攻，方才離開洛陽。可知無論漢獻帝遷都或董卓撤出洛陽，均與劉備、關羽、張飛毫無干係。《演義》卷一第十則「虎牢關三英戰呂布」卻說，劉備、關羽、張飛打敗呂布，迫使董卓撤出洛陽，遷都於長安。將事件之因果完全錯置，並以此帶出主要的三個人物。

初平元年二月，據《三國志・魏書、武帝紀》記載：「卓留屯洛陽，遂焚宮室。……邈遣將衛茲分兵隨太祖到滎陽汴水，遇卓將徐榮，與戰不利，士卒死傷甚多。太祖為流矢所中，所乘馬被創……」，〔註30〕曹操在滎陽與徐榮作戰，為流矢所傷。這是關東聯軍與董卓第一次較量，當時董卓仍然據守洛陽。然《演義》卷二第一則「董卓火燒長樂宮」卻說呂布戰敗後，董卓自洛陽向長安逃走，曹操連夜追趕，徐榮射中曹操。此處又將事件加以改寫，同時以較長的篇幅突顯討卓之役時曹操戰敗之狼狽。

據《三國志》裴注引《後漢書》曰：「匡少與蔡邕善。其年為卓軍所敗，走還泰山，收集勁勇得數千人，欲與張邈合。匡先殺執金吾胡母班。班親屬不勝憤怒，與太祖并勢，共殺匡。」〔註31〕此段史實即指初平元年冬季，河內太守王匡的軍隊，駐紮在河陽津，遭到董卓軍隊的襲擊，損失慘重。這次失敗並沒有導致劉備、關羽、張飛等人投入戰鬥。然《演義》中卻云：呂布在虎牢關打敗王匡等人的軍隊，緊接著劉備、關羽、張飛出馬打敗了呂布。這樣，既突顯呂布打敗王匡是武藝高強，又為劉備、關羽、張飛武藝之精湛作鋪墊。

故將史書上的討董卓與《演義》中的討董卓作比較，可知羅貫中所擇取的題材，雖能在史書中找到依據，然在小說中所呈現的，並非史書上之原貌。羅貫中的抽換轉移能力，讓據史虛構的演義題材有了無限擴展的空間。

（二）捏合演化

史書中有些彼此無關的事件，或者只有一鱗半爪的片斷記載，羅貫中往往拈來，將之巧妙的捏合，演化成動人的情節。

如連環計裡的呂布和貂蟬，只有《三國志・魏書・呂布傳》中云：「卓常使布守中閣，布與卓侍婢私通，恐事發覺，心不自安。」〔註32〕然未提及侍婢就是貂蟬。〔註33〕而羅貫中借助零星的史料及元雜劇的改寫，在《三國演

〔註30〕同註17，頁7。
〔註31〕同註17，頁6、7。
〔註32〕同註17，頁219。
〔註33〕魯迅在《小說舊聞鈔》中收錄了有關貂蟬的資料，可供參考：（以下引文見《魯

義》中鋪陳出具有戲劇性情節以及塑造了最引人注目的的女性形象——貂蟬。(見於《演義》卷二第五則「司徒王允說貂蟬」、第六則「鳳儀亭布戲貂蟬」、第七則「王允授計誅董卓」)

再舉三顧茅廬爲例,其題材所據不外乎是《三國志・蜀書・諸葛亮傳》中「先主遂詣亮,凡三往,乃見」〔註34〕這幾個字;以及諸葛亮在《出師表》中的自述:「臣本布衣,躬耕於南陽,苟全性命於亂世,不求聞達於諸侯。先帝不以臣卑鄙,猥自枉屈,三顧臣於草廬之中,咨臣以當世之事,由是感激,遂許先帝以驅馳」;當然還有唐人詩歌對諸葛亮之盛讚,如岑參〈先主武侯廟〉:「先主與武侯,相逢雲雷際,感通君臣分,義激雲水契。」李白〈讀諸葛武侯傳書懷〉:「魚水三顧合,風雲四海生。」杜甫〈諸葛廟〉:「君臣當共濟,賢聖亦同時。」然在《演義》卷八第四則「劉玄德三顧茅廬」不僅文字數量超過史書的千百倍,人事景物的增添渲染,更把簡單的史實陳述,推演成一幅生動的小說圖貌。

如寫劉備第一次到臥龍岡,見山巒起伏,水流潺潺,松篁交翠,猿鶴相親,內心欣羨不已。第二次再去,時值深冬,瑞雪將大地披上銀妝,更顯出一派清幽,這是作者對人物所生活的環境巧妙的點染,由此襯托孔明高風亮節、出塵飄逸之形象。再如訪諸葛時所遇到的人物,不管是替諸葛亮守門的童子,還是隱士崔州平、石廣元、孟公威等諸葛亮的朋友,抑或諸葛亮的弟

迅小說史論文集》,里仁書局,1992 年,頁 300、302、303)

《升菴外集》,世傳呂布妻貂蟬,史傳不載。唐李長吉《李將軍歌》,榿榿銀龜搖白馬,傅粉女郎大旗下,似有其人也。元人有《關公斬貂蟬》劇,事尤悠繆。然《羽傳》注稱羽欲娶布妻,啓曹公;公疑布妻有殊色,因自留之,則亦全非無所自。按原文,關所娶乃秦氏婦,難借爲貂蟬證。(見《通俗編》三十七)

《三國志演義》言王允獻貂蟬於董卓,作連環計。正史中實無貂蟬之名:惟《董卓傳》(案:應爲《呂布傳》)云:卓嘗使布守中閣。布與卓侍婢私通云云。李長吉作《呂將軍歌》云,榿榿銀龜搖白馬,傅粉女郎大旗下,蓋即指貂蟬事,而小說從而演之也。黃右原告余曰,《開元占經》卷三十三熒惑犯須女占,注云《漢書通志》(案:《開元占經》卷三十三,注中未嘗有引《漢書通志》之文):「曹操未得志,先誘董卓,進刁蟬以惑其君。此事異同不可考,而刁蟬之即貂蟬,則碻有其人矣。《漢書通志》今亦不傳,無以斷之。(見《浪跡續談》六)

……貂蟬事隱據《呂布傳》,雖其名不見正史,而其事未必全虛,余近作《三國志旁證》,皆附著之。(見《歸田瑣記》七)

〔註34〕同註17,頁912。

弟諸葛均、諸葛亮的岳父黃承彥，個個仙風道骨、超凡脫俗，諸葛亮至此雖未出現，然隱約已見其輪廓。

　　此處羅貫中站在史實的基礎上，將平淡無奇的幾句話演化爲令人擊節再三的內容，其中當然有對《平話》〔註35〕的繼承部分，然而更多的題材塑造，是來自於作者的創造加工能力。其實歷史上的石廣元當過魏國郡守和典農校尉，孟公威當過魏國的涼州刺史和征東將軍，諸葛均當過蜀國的長水校尉，他們並不如《演義》所寫的那樣無意於功名仕進。

　　又如《演義》卷八第八則寫「諸葛亮博望燒屯」與第十則「諸葛亮火燒新野」兩次戰役，均是由諸葛亮所指揮。「博望燒屯」寫趙雲詐敗，關羽在狹路及樹木叢雜處放火，張飛則在博望城放火和截殺，因此打敗夏侯惇。而「火燒新野」是劉備、諸葛亮故意到山頂上飲酒，以牽制許褚的軍隊；趙雲則率兵向新野城中發射火槍火炮，燒得曹仁、曹洪急忙逃命；關羽攔住白河上游之水，再放水淹死下游的曹兵。然而據《三國志》與裴注所記，在建安七年「（劉表）使（劉備）拒夏侯惇、于禁等於博望。久之，先主設伏兵，一旦自燒屯僞道，惇等追之，爲伏兵所破。」〔註36〕劉備曾自新野向北挺進，在博望打敗過夏侯惇的軍隊，故知《演義》所述與史實不符。再察考其取材來源，又可發現羅貫中將《平話》中的故事加以挪用，《平話》中言曹操拜夏侯惇爲大元帥，帶領十萬軍隊進攻樊城新野。諸葛亮授計於關羽、趙雲和張飛，先用火燒，後用水淹，累次埋伏，殺得夏侯惇狼狽逃竄。經過作者之筆，史實原型與小說內容，無疑已產生相當的距離。

　　又如《演義》卷九第七則「諸葛亮智說周瑜」描寫赤壁之戰前，東吳周瑜早已下定拒曹之決心，然諸葛亮渡江欲聯吳抗曹，周瑜卻故意說：「戰則易敗，降則易安」，其用意是欲使諸葛亮主動求援，有求於己。諸葛亮識破周瑜之用心，故意以假應假，云：「公瑾主意降曹，此正理也」。並代爲謀劃計策

〔註35〕《三國志平話》所敘三顧茅廬的故事梗概如下：徐庶走馬荐諸葛之後，劉備與關、張二人即率三千兵士到臥龍岡。諸葛亮得知消息，故命道童到庵外答覆，言諸葛亮已去江下與八俊會飲。劉備無奈，於西牆上題詩。到了劉、關、張第二次來到臥龍岡，道童還是說師傅外出，劉備又題詩一首，張飛開始不耐煩。第三次至臥龍岡，諸葛亮正專心讀書，沒有及時出門迎接，張飛大怒，關羽連忙喝斥張飛，而劉備終於得見諸葛亮。（《新全相三國志平話》，見《古今小說集成》第31冊，上海古籍出版社，1990年，頁66至68，此本是元英宗至治年間刊本）

〔註36〕同註17，頁876。

說：曹操是個酒色之徒，聽說江東二喬有沉魚落雁之容，閉月羞花之貌，因築銅雀臺，欲得二喬爲「晚年之樂」。因此，力勸周瑜送二喬以退曹。諸葛亮故作姿態佯裝不知大喬爲孫策之妻，小喬者正爲周郎之妻。諸葛亮爲讓周瑜信以爲眞，又舉曹植〈銅雀臺賦〉：「挾二橋於東南兮，若長空之蝃蝀」（案：〈銅雀臺賦〉中無此二語，乃羅貫中之杜撰，其妙在「橋」與「喬」字音諧，語意雙關）以證。周瑜經不起諸葛亮的激發，反而轉向孔明求援云：「助一臂之力，同破曹賊」。

據《三國志·魏書·武帝紀》云：「（建安十五年）冬，作銅雀臺。」，〔註37〕可見曹操是在建安十五年冬修築銅雀臺，曹植〈銅雀臺賦〉寫於其後兩年，都是赤壁之戰後的事情，《演義》所云之銅雀臺與〈銅雀臺賦〉雖實有其物，然時間與史實並無法嵌合。羅貫中可能受杜牧〈赤壁〉詩「東風不與周郎便，銅雀春深鎖二喬」的影響，將杜牧虛擬之辭加以捏合，不僅巧妙無痕，且自然地推動情節與人物性格。

又如諸葛亮智收姜維一段，據《三國志·蜀書·姜維傳》：「建興六年，丞相諸葛亮軍向祁山，時天水太守適出案行，維及功曹梁緒、主簿尹賞、主記梁虔等從行，太守聞蜀軍垂至，而諸縣響應，疑維等皆有異心，於是夜亡保上邽。維等覺太守去，追遲，至城門，城門已閉，不納。維等相率還冀，冀亦不入維。維等乃俱詣諸葛亮。」〔註38〕又據裴注所引《魏略》的記載云，姜維遭到疑忌，不能進天水，便回到冀縣家裡，「冀中吏民見維等大喜，便推令見亮……亮見，大悅。」〔註39〕都是說明姜維主動投奔諸葛亮，而諸葛亮高興地接納了他。

《演義》卷十九第五則「孔明以智伏姜維」卻先寫天水一戰，姜維識破諸葛亮之計，設置埋伏，打敗常勝將軍趙雲，此役引起諸葛亮對姜維的注意，同時他又從南安郡民間得知姜維是一個「事母至孝，文武雙全，智勇足備」之人，不禁贊嘆姜維「眞當世之英傑也」。接著調兵遣將，費盡心機，終於使姜維人困馬乏，只好下馬投降，「孔明慌忙下車而迎，執維手曰：『吾自出茅廬以來，遍求賢者，欲傳授平生之學，恨未得其人，今遇伯約，吾願足矣。』」又於臨終之際授絕學予姜維，教其「連弩」之法，並細細叮囑陰平之地切須

〔註37〕同註17，頁32。
〔註38〕同註17，頁1063、1064。
〔註39〕同註17，頁1064。

仔細等等。這些史料的演化，不僅重新鑄造了一連串曲折生動的故事，更突出諸葛亮慧眼識人以及為蜀國尋求後繼者的用心，同時也把蜀國後期的英雄人物——姜維，作了更多細緻的描繪。

（三）虛構想像

即指純屬想像、全係虛構、毫無史實憑據的部分。

如孔明罵死王朗，史傳未見，也未見於民間傳說。然在《演義》中卻虛構出一大段慷慨激昂、熱血沸騰的言詞。孔明云：

> 吾素知汝所行，世居東海之濱，初舉孝廉入仕，理合匡君輔國，安漢興劉，何期反助逆賊，同情篡位！罪惡深重，天地不容，傾國之人，欲食其肉！……汝既為諂諛之臣，只可潛身縮首，苟圖衣食，安敢在於軍伍之前，妄稱天數耶？皓首匹夫，蒼顏老賊，當咫尺歸於九泉之下，有何面目而見二十四帝乎！」……王朗聽罷，大叫一聲，氣死於馬下。

羅貫中於此處借孔明之口，痛斥那些自稱三朝元老的諂佞之徒。其中的語言刻劃辛辣銳利、擲地鏗鏘，雖於史無據，卻依然生動活潑。

《演義》中的虛構處尚有卷一第一則「祭天地桃園三結義」，卷九第五則「諸葛亮舌戰群儒」，卷十第三則「闞澤密獻詐降書」，卷十第四則「龐統巧授連環計」……等多處。

透過上述三種方式，有關三國的題材得以重新整合。在這整合的過程中，作者將取自正史的素材，重新進行組合，賦予新的面貌；而來自於俗文學系統的《三國志平話》與元雜劇中的三國戲，所提供的題材虛多實少，作者亦將之與正史所提供的素材融合統一，構築出完整的意象體系。其間對於史實與虛構關係的處理，乃以作者主觀思想、情感為導向，亦即強化與減弱史材的原則，往往是為了擁劉反曹的思想傾向、情節的需要與人物性格的塑造。

檢視《三國演義》的基本框架和整個進程【自東漢靈帝建寧二年（西元169）寫起至三國歸晉（西元280）】是忠於歷史面貌的，其所描述的重大史事都有明確的時間記載，而且重要人物的語言、書信〔註40〕都取自於史實，雖

〔註40〕如卷一第一則楊賜和蔡邕的奏章，第五則董卓的奏章，第七則廢少帝立獻帝的冊書，卷二第四則公孫瓚致袁紹的信，卷四第一則袁術致呂布的信，第三則孫策致袁術的信，第六則郭嘉和荀彧的長篇談話，卷五第二則袁術致袁紹

然羅貫中對正史的某些材料進行挪移、借用、改造、捏合、演化，但這些都是小說運用史料的藝術需要，且都是於歷史的基礎上，開展想像與虛構。舉與諸葛亮有關的題材爲例：

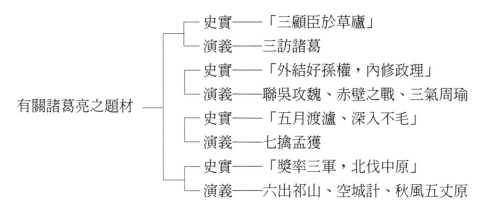

有關諸葛亮之題材

- 史實——「三顧臣於草廬」
- 演義——三訪諸葛
- 史實——「外結好孫權，內修政理」
- 演義——聯吳攻魏、赤壁之戰、三氣周瑜
- 史實——「五月渡瀘、深入不毛」
- 演義——七擒孟獲
- 史實——「獎率三軍，北伐中原」
- 演義——六出祁山、空城計、秋風五丈原

孔明一生主要的事跡，全由史傳而來，但進入小說的具體描寫時，特別是細部情節的刻劃，則由作者藉著虛構將史材的空白處填滿，如此一來諸葛亮這個人物的虛構部分，都是在既定的史實範限中進行，因此就有了相當的歷史依據。有了史實依據後，如何成就其活潑的生命力？關鍵還在於羅貫中的藝術虛構能力，依其虛構能力將史材的空白處推演出合乎情理邏輯之情節。此即歷史小說家對題材虛實的運用，既服從史實的制約，亦要有合情合理的藝術虛構，無論題材的源頭是實還是虛，其最終還是將虛構與史料渾融爲一，形成一個完整的藝術形象，此即真假相參、虛實相生的藝術傳統。《三國演義》的確具有以實爲本、以虛補實、虛實相生的藝術成就。

三、《演義》題材虛實運用之缺失

然而《三國演義》在題材虛實運用上亦非完美無缺，正如魯迅所批評的：

> 然據舊史即難於抒寫，雜虛辭復易滋淆淯，故明謝肇淛（《五雜俎》十五）既以爲「太實則近腐」，清章學誠（《丙辰箚記》）又病其「七

的信，卷六第七則孫策所上之表，第九則荀彧致曹操的信，卷七第七則曹操所上之表，卷八第五則諸葛亮的長篇談話，第九則王粲的長篇談話，卷十二第一則曹操的長篇談話，第三則周瑜的遺書，可參見於《通鑑·漢紀·靈帝光和元年》，《三國志》的《董卓傳》注、《袁紹傳》注、《呂布傳》注、《孫破虜討逆傳》注、《郭嘉傳》注、《荀彧傳》注、《袁術傳》注、《郭嘉傳》注、《諸葛亮傳》注、《王粲傳》注、《武帝紀》注、《魯肅傳》注。羅貫中往往照抄、或簡化史書上所載的大量奏章、詔旨、書信、言論等等。

實三虛，惑亂觀者」也。至於寫人，亦頗有失，以致欲顯劉備之長
厚而似偽，狀諸葛之多智而近妖，惟於關羽，特多好語，義勇之概，
時時如見矣。……〔註41〕

可見《演義》對史料的運用，仍存在著許多缺失。

　　雖然《演義》在許多細節摹繪上，能活用史料，可是有些地方卻處處因
襲舊史原文，缺乏創意。如開卷敘漢靈帝時，災異頻繁一段，完全錄自《後
漢書》，在筆觸上並非小說家言語，而是一派史家姿態；又如史書上對人物的
論贊，代表著史家對歷史人物的評價，與小說作者對這些人物的看法並不一
致，然《三國演義》卻依然一字不漏地照錄；有更甚者是原來這些論贊是數
人合為一贊，然《演義》作者卻未察其所以，任意繫於一人名下，毫無倫次
可言。如劉焉、袁術、呂布之傳，在《後漢書》中合為一卷，故卷後《贊》
云：「焉作庸牧，以希後福。曷云負荷？地墮身逐。術既叨貪，布亦翻覆。」
〔註42〕然《演義》卻把此《贊》置於呂布一人名下。又如《演義》卷十六第
七則「曹子建七步成章」寫呂蒙之死，引用《三國志‧周瑜‧魯肅‧呂蒙傳》
的《評》：

　　曹公乘漢相之資，挾天子而掃群傑，新蕩荊城，仗威東夏，于時議
　　者莫不疑貳。周瑜、魯肅建獨斷之明，出眾人之表，實奇才也！呂
　　蒙勇而有謀斷，識軍計、譎郝普、擒關羽，最其妙者。初雖輕果妄
　　殺，終於克己，有國士之量，豈徒武將而已乎？孫權之論，優劣允
　　當，故載錄焉。〔註43〕

這段評語是《三國志》針對周瑜、魯肅、呂蒙三人而作，《演義》卻歸到呂蒙

〔註41〕 同註6，頁114。魯迅另在《中國小說史略》中重複申述該段話，引文如下：
　　　　現在的《三國演義》，都已多經後人改易，不是本來面目了。若論其書中之優
　　　　劣，則論者以為其缺點有三：（一）容易遭人誤會。因為中間所敘事情，有七
　　　　分是實的，三分是虛的；惟其實多虛少，所以人們不免並信虛者為真。如王
　　　　漁洋是有名的詩人，也是學者，而他有個詩的題目叫「落鳳坡弔龐士元」，這
　　　　「落鳳坡」只是《三國演義》上有，別無根據，王漁洋卻它被闇昏了。（二）
　　　　描寫過實，寫好的人，簡直一點壞處都沒有；而寫不好的人，又是一點好處
　　　　都沒有。其實這在事實上是不對的，因為一個人不能事事全好，也不能事事
　　　　全壞。……（三）文章和主意不能符合──這就是作者所表現的和作者所想
　　　　像的，不能一致。如他要寫曹操的奸，而結果好像是豪爽多智；要寫孔明之
　　　　智，而結果倒像狡猾。
〔註42〕 見《後漢書‧劉焉袁術呂布列傳》，洪氏出版社，1978年，頁2453。
〔註43〕 同註17，頁1281。

一人名下。同樣的情形很多，如寫到劉表之死，所引之《評》原是針對董卓、袁術、袁紹、劉表四人所作，《演義》卻歸到劉表一人名下；再如寫曹奐禪位於司馬炎，所引之《評》是針對曹芳、曹髦、曹奐三人所作，《演義》卻將之歸於曹奐一人名下，這些都造成贊語與前面敘事無法配合的現象。

　　《演義》對許多史料往往未察考其真實性，即妄加引用，甚至誇大渲染。又如《三國志・魏書・王粲傳》注引《文士傳》，記載建安十三年王粲勸劉琮投降曹操時，講過底下一段話：「如粲所聞，曹公故人傑也。雄略冠時，智謀出世，摧袁氏於官渡，驅孫權於江外，逐劉備於隴右，破烏丸於白登，其餘梟夷蕩定者，往往如神，不可勝計。今日之事，去就可知也……」〔註44〕裴注曾於案語中列舉事實，駁斥這段話，指出其中漏洞多處，不可能出自王粲之口，但羅貫中仍全部抄錄。再舉孫策殺死道士于吉，《江表傳》和《搜神記》對這一件事的描述迥然不同，而且《江表傳》中有些情節非常荒誕，然羅貫中仍然全部收入小說之中。

　　此外爲了寄託「擁劉反曹」的傾向於作品中，羅貫中在史材的處理上產生了偏頗。例《三國志・魏書・張繡傳》云：「太祖南征，軍淯水，繡等舉眾降。太祖納濟妻，繡恨之。」〔註45〕即言曹操當年在宛縣霸占了張濟妻之事。另據《三國志・蜀書・關羽傳》裴注引《蜀記》云：「曹公與劉備圍呂於下邳，關羽啓公，布使秦宜祿行求救，乞娶其妻，公許之。臨破，又屢啓於公。公疑其有異色，先遣迎看，因自留之，羽心不自安。」〔註46〕此言關羽原欲娶秦宜祿之妻，曹操卻將秦氏據爲己有之事。然羅貫中不惜費了許多筆墨，大肆渲染前一件事。但爲了關羽重義的形象，對後一件事隻字未提。

　　另據《三國志・蜀書・先主傳》注引《魏書》云：「表病篤，託國於備。顧謂曰：『我兒不才，而諸將並零落，我死之後，卿便攝荊州。』備曰：『諸子自賢，君其憂病。』或勸備宜從表言，備曰：『此人待我厚，今從其言，人必以我爲薄，所不忍也。』……」裴注於後的案語言：「臣松之以爲表夫妻素愛琮，捨適（嫡）立庶，情計久定，無緣臨終舉荊州以授備，此亦不然之言。」〔註47〕然羅貫中仍把上述有利於劉備仁義形象之塑材，全盤搜羅。

〔註44〕同註17，頁598。
〔註45〕同註17，頁262。
〔註46〕同註17，頁939。
〔註47〕同註17，頁877。

又如曹操殺呂伯奢一段，《三國志‧魏書‧武帝紀》裴松之注列了三條史料，[註48] 敘述曹操殺呂伯奢的故事。

《魏書》曰：「太祖以卓終必覆敗，遂不就拜，逃歸鄉里。從數騎過故人成皋呂伯奢；伯奢不在，其子與賓客劫太祖，取馬及物，太祖手刃擊殺數人。」

《世說新語》曰：「太祖過伯奢。伯出，五子皆在，備賓主禮。祖自以背卓命，疑其圖己，手劍夜殺八人而去。」

《雜記》曰：「太祖聞食器聲，以為圖己，遂夜殺之。既而悽愴曰：『寧我負人，毋人負我！』遂行。」

《演義》捨《魏書》與《世說新語》的講法，選擇孫盛《雜記》的記載，並且踵事增華、添枝加葉，將曹操奸邪的品格推到極點，以符合「擁劉反曹」的思想傾向。

綜觀羅貫中對史材運用之缺，有些是擇材未見精當、有些是羅貫中對史書的誤解、有些是未經辨識審察即加以全盤接收，更大部分則是羅貫中依自己的創作原則，選擇有利於「擁劉反曹」的題材，將之擴大發揮。然建築在「據史虛構」的歷史小說特質上，對於悖離史實太遠的素材，作者應有辨識、除錯之能力，羅貫中駕馭史材不足之處即在此。

第三節　《三國演義》結構虛實之布置

毛宗崗於〈讀三國志法〉中曾云：「《三國》敘事之佳，直與《史記》彷彿，而其敘事之難，則有倍難於《史記》者。《史記》各國分書，各人分載，於是有本紀、世家、列傳之別。今《三國》則不然，殆合本紀、世家、列傳而總一篇。」點明《三國演義》擷取史書敘事結構和編纂手段的優點，更指出《三國演義》對小說史體結構 [註49] 形式的開創。

如此的史體結構承載了《三國演義》七十多萬字的內容、九百八十多個人物、以及一一二年的歷史。

[註48] 同註17，頁5。
[註49] 鄭鐵生在《三國演義的藝術欣賞》中曾提及《三國演義》吸取「紀傳式」可以強化人物性格的優點，以及「通鑑式」具有歷史宏觀的特點，構成演義小說的史體結構。中國國際廣播出版社，1992年，頁71。

一、《演義》結構分析

　　約略分擘《演義》中重要的關目，則可以清楚地掌握其中結構的脈絡，正如毛宗崗所提出的「六起六結」：

> 其敘獻帝則以董卓廢立爲一起，以曹丕纂漢爲一結。其敘西蜀則以成都稱帝爲一起，而以綿竹出降爲一結。其敘劉關張三人則以桃園結義爲一起，而以白帝托孤爲一結。其敘諸葛亮則以三顧草廬爲一起，而以六出祁山爲一結。其敘魏國則以黃初改元爲一起，而以司馬受禪爲一結。其敘東吳則以孫堅匿璽爲一起，而以孫皓回璧爲一結。（見〈讀三國志法〉）

悉加統整，可有底下六條線索：（1）漢王朝末年衰亡的故事（2）西蜀故事（3）劉關張的故事（4）諸葛亮的故事（5）魏國故事（6）東吳故事。《演義》內容之龐大由此可知。又由這些內容整理出《三國演義》的結構系統：〔註50〕

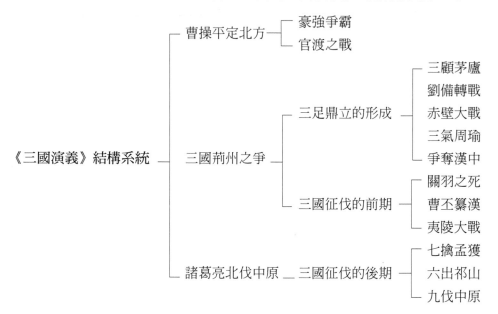

　　檢視結構中的整體與部分、部分與部分、部分中的層次、層次與層次，雖然按時序漸次發生，但平行交叉，首尾重疊，線索多緒的情形往往而是。故毛宗崗於〈讀三國志法〉又言：「凡此數段文字，聯絡交互其間，或此方起而彼已結，或此未結而彼又起，讀之不見其繼續之跡，而按之則自有章法之

〔註50〕同前註，頁145。

可知也。」可見在《三國演義》的藝術結構系統中,如何巧妙運用章法以彌縫各個結合點,顯得十分必須。毛宗崗就曾將這些「聯絡交互」的章法於〈讀三國志法〉中作一總結,列舉如下:「星移斗轉,雨覆風翻之妙」、「橫雲斷嶺,橫橋鎖溪之妙」、「將霰見散,將雨聞雪之妙」、「浪後波紋,雨後霜霖之妙」、「隔年下種,先時伏著之妙」、「添絲補綿,移針勻繡之妙」、「首尾照應,中間大關鎖」……等等,毛氏整理這些章法就是闡述有關首尾照應、斷續相間、過渡銜接、起承開合等問題。其中在毛氏〈讀法〉與多處評語中有提及虛實相間之法,舉例如下:

> 皇甫嵩破黃巾,只在朱雋一邊打聽得來。袁紹殺公孫瓚,只在曹操一邊打聽得來。趙雲襲南郡,關張襲兩郡,只在周郎眼中耳中得來。昭烈殺楊奉、韓暹只在昭烈口中敘來。張飛奪古城,在關公耳中聽來。簡雍投袁紹在昭烈口中說來。至若曹丕三路伐吳皆敗,一路用實寫,兩路用虛寫,武侯退曹丕五路之兵,惟遣使入吳用實寫,其四路皆虛寫。諸如此類,又指不勝屈。只一句兩句,正不知包卻幾許事情,省卻幾許筆墨。〈讀三國志法〉

> 馬騰前同韓遂攻催、氾,曾受密詔,今同董承謀曹操,是再受詔也。前之救駕是實事,而後之救駕是虛談;前之受詔用虛敘,而後之受詔用實寫,一虛一實,參差變換,各各入妙。(二十回總評)

> 當周瑜戰曹仁之時,正孔明遣將三城之時,妙在周瑜一邊實寫,孔明一邊虛寫,又妙在趙子龍一邊在周瑜眼中實寫,雲長翼德兩邊,在周瑜耳中虛寫,此敘事虛實之法。(五十一回總評)

> 元宵起義,董承先有其夢,而金禕乃實有其事,是前之夢早為後之事作引也。元宵相約,先有吉平饒酒於前,乃有二吉舉火於後,是後之火又因前之酒而生也。隔三十餘回而虛實相生,父子相繼,斯亦奇矣。(六十九回總評)

此外,毛宗崗在多處夾批中亦點出虛寫運用之妙。如第五回關羽斬華雄:袁紹統領諸鎮共討董卓,卓身邊的大將華雄先斬了鮑忠,又大敗孫堅,氣焰甚囂塵上,接著又斬了俞涉、潘鳳,毛氏夾批即云:「都用虛寫,妙」,此處虛寫是為了陪襯後文的關羽之勇。

故可知《演義》的情節描寫往往有所側重,藉以揭示思想傾向以及塑造

人物性格，而有所側重的結果即造成內容結構的安排有虛有實。這些虛實法的布置，不僅關乎內容的詳略取捨，更與結構的勻稱完整，密切相聯。

二、《演義》結構虛實布置之方式

將《演義》中有關結構虛實布置的方式加以整理，可發現其中豐富而多變化的面貌：

（一）側面入手，純用虛筆：

在《演義》中有許多虛筆的描寫，如前已提及的關羽斬華雄一段，以及雲長擂鼓斬蔡陽和三顧茅廬一段。

「關羽溫酒斬華雄」的場景自始至終都在中軍帳內，透過帳內氛圍的呈現、人物情態的變化，反映出戰場上的驚心動魄。其中如描寫關羽提刀出帳，飛身上馬，接著「眾諸侯聽得關外鼓聲大振，喊聲大舉，如天摧地塌，岳撼山崩，眾皆失驚」。從帳內聽到的鼓聲、喊聲映現出戰場上關羽衝鋒陷陣的聲勢和神威，用眾皆失驚的表情反映出戰場上鏖戰的驚心動魄。作者虛寫戰場，實寫帳內，戰場上的情勢變化（虛）與帳內的一舉一動（實）緊密相聯。

到底關羽如何斬華雄的？作者採用虛寫的方式，未作詳實的描摹，然小說中卻有一個重要的關鍵———一杯酒。原先袁氏兄弟以鄙夷的態度對待關羽，阻撓其出戰，然慧眼識英雄的曹操不僅力薦關羽，且醲熱酒一杯為之壯行色。此時卻聞關公曰：「『酒且斟下，某去便來。』」而斬華雄回來之時「其酒尚溫」。「其酒尚溫」一句話把關羽驍勇善戰的形象刻劃的栩栩如生，「其酒尚溫」是一時間概念，以具體的時間概念去取代浮泛抽象的「轉眼間」、「一瞬間」、「彈指間」、「剎那間」。有這一杯酒的串場銜接，時間的流逝和關羽的神勇形象就突出而具體了，戰場上所虛寫的一切就活起來，故這一杯酒是以虛生實的重要環節。〔註51〕

用相同方式來虛寫關羽之神勇的尚有「雲長擂鼓斬蔡陽」這一段：

> 吾乃蔡陽是也。你殺吾外甥秦琪，你原來在這裡！吾奉承相鈞命，
> 特來捉你，若捉住你時，我便封為壽亭侯。叫一聲擂鼓，鼓才舉動，
> 雲長早已勝到面前，一通鼓未盡，雲長刀一起處，蔡陽頭已落地。

在文中並未寫關羽如何斬蔡陽，然卻以「一通鼓未盡」為時間標竿，讓人們

〔註51〕參考《中國古典小說戲劇賞析》，木鐸出版社，1988年，頁67。

的想像力自然而然地引渡到關羽叱吒風雲的形象上，此即虛寫以「無」寫「有」的巧妙。

（二）同一事件，虛實各妙

又如討董卓時最重要的兩次戰役沂水關之戰與虎牢關之戰，前有「關羽斬華雄」、後有「三英戰呂布」，雖然構思方式很類似，然「關羽斬華雄」用虛寫的方式將轟轟烈烈的戰爭場面烘托出（前已述及）；而「三英戰呂布」則用實寫。在虎牢關之戰中作者以較多的篇幅，強調呂布的武藝遠非華雄可比，呂布接連殺死河內太守王匡的部將方悅和上黨太守張揚部將穆順，砍傷北海太守孔融的部將武安國，又打敗了北平太守公孫瓚，武功不可一世。而劉備、關羽、張飛正好在危急時刻挺身而出，與呂布酣戰，並且將呂布打得落花流水，這樣一路實寫，將劉、關、張的英雄形象突出地表現出來了。

故雖同為討董卓中的戰役，然而結構筆法卻各見巧妙，前者「關羽斬華雄」以虛筆擴大讀者的想像空間，後者「三英戰呂布」以實筆加深人物形象的力度；虛筆簡省許多枝葉繁雜的筆墨，實筆延伸了事件的幅度，在一虛一實、一略一詳的搭配中，結構因而勻稱。

所以《演義》中許多相同的事件卻往往有不同的虛實布置。再舉一例：如西涼太守馬騰在先前曾經聯同韓遂一起攻打李傕、郭汜，後來又與董承謀誅曹操。這二次起義的目的均為保駕勤王，然前一次的救駕是實寫，後一次的救駕卻用虛筆隱而不顯；前一次受密詔作者只用一句「各受密詔」虛筆帶過，然後一次受詔卻詳實描寫馬騰義奔董承府，經由董承的試探，而共承獻帝詔命，誓謀曹操。

（三）敘法變換，虛實相生

《演義》寫周瑜之死是實寫，魯肅之亡則從曹操耳聞虛敘，張衡被殺以使者口說虛寫，楊修被殺則是實寫。

《演義》中許多場面往往透過敘事角度的變換以達到虛實相生的目的。如富有戲劇性情節的孔明三氣周瑜、曹操與楊修的心結，作者於此處並未簡省筆墨，而是用實筆刻劃周瑜與楊修自致死路的前因後果，鋪展出二人獨特的性格。然而若是每一個三國人物的殞逝，都需一五一十地交代清楚，那麼就抹滅了作者擇材之用心，亦看不出每個人物的相對重要性。讀者翻檢史冊與小說的心情是迥異的，故小說家在敘法上必不能流於模式與刻板，如何處

理小說人物走下歷史舞台,需要技巧。善用敘事角度,即技巧之一,作者採用書中人物眼中所見、口中說出、耳中聽到等角度來推動情節的運轉,如魯肅之死即透過曹操之耳所聽加以虛寫,並未有長卷的篇幅對魯肅之死作實筆的刻劃。同樣對張衡之死,作者亦採用虛寫,然敘事的角度卻經由使者之口。如此一來,一實一虛、一繁一略之間,作者所欲彰顯的人、事、物,均可得到合理的安排。

(四)擁劉反曹,虛實不同

《演義》在描寫有關魏、蜀、吳三國的勝敗時,著墨多寡、虛寫實寫,往往有所側重,常對蜀漢的勝仗不惜筆墨實描詳寫,舉火燒博望、新野以及赤壁之戰為例。

其實,據《三國志》上所記,諸葛亮出山不久,即跟隨劉備向南撤退。然到了宋元講史家時,卻把諸葛亮初出茅廬吃敗仗的形象巧妙地掩蓋,將劉備在漢獻帝建安七年自新野向北挺進,在博望打敗過夏侯惇軍隊的戰績,加諸於孔明身上。於是《演義》中的博望燒屯、火燒新野的戰功,均屬於諸葛亮。「博望燒屯」的內容梗概是描寫趙雲詐敗,關羽於路狹且樹木叢聚之處放火,而張飛則在博望城中放火和截殺,打敗了夏侯惇。「火燒新野」寫劉備、諸葛亮故意到山頂上飲酒,借以牽制許褚的軍隊;而趙雲則率兵向新野城中發射火槍火炮,燒得曹仁、曹洪急忙逃命;又寫此時的關羽正擋住白河上游的水,放水淹死下游的曹兵。由以上的情節描述可知,《演義》作者把極微小的勝仗,點染成氣勢雄偉的「博望燒屯」與「火燒新野」,在題材的運用上雖屬虛構(將劉備的事跡移於孔明身上),然在情節結構上卻妙用了實筆,兩場火攻之中,諸葛亮的足智多謀,顯現在不同的方法與步驟運用上。

赤壁之戰,亦是作者重筆濃抹的一次戰役,作者著力描繪的重點不是戰爭的具體進程,而是戰前的謀劃決策,特別是孫劉如何聯盟的詳細過程。例如在《演義》中敷衍出「諸葛亮舌戰群儒」、「諸葛亮智激孫權」、「諸葛亮智說周瑜」、「諸葛亮計伏周瑜」等膾炙人口的情節,均是實筆刻劃。

(五)性格獨特,實筆濃抹

孔明、張飛分二路取川,孔明一路只是虛描,而敘張飛入川如何粗中有細,運用智謀,直抵雒城,則是實寫。

張飛一向予人粗莽的印象,然於取川時卻一改前習,擅用智謀,攻取雒

城。可知作者於此處將孔明入川部分作側面的交代，而把焦點集中於張飛性格的另一面，將之作直接、詳細的實寫。讀者在閱讀這一部分時，不僅會有全新的感受，且作者對人物性格的補強，亦巧妙無痕。

（六）戰爭場面，虛實並進

諸葛亮安居平五路。只有東吳一路實敘，寫了鄭芝往說孫權，以為退兵之計，其他四路都是虛寫。

《演義》中的戰爭場面繁冗複雜，故布置的線索、脈絡更需巧思。如果場場戰役都需精雕細琢，必定超出內容所能負荷的容量。就如《演義》寫袁紹與曹操的官渡之戰，只是略寫袁紹起兵七十萬，記載了幾個文臣、武將的名字，作者並未把所有將官以及七十萬士兵的姓名一一列出，這是籠統敘述的「虛」。〔註 52〕另有把戰爭情節放到幕後進行的虛寫，即結構之「虛」。如此處寫曹丕乘劉備剛死，採用司馬懿之計，調集五路大兵想一舉殲滅蜀國，諸葛亮神色自若，穩坐相府，運籌帷幄，五路兵均被平息。作者僅對遣使入吳作了一點實寫，以強調這次戰爭的真實性；其餘均用虛寫，以擴大作品的容量，又避開了頭緒紛繁的戰爭場面。這樣虛實相合的結果，諸葛亮的應敵之策以及各路兵被平息的結局，均流暢、不著痕跡地呈現，更突出了諸葛亮具有「鬼神不測之機」的智慧。

故對於如此龐大的題材結構，其間的虛實布置，頗需費心，然到底那一部分該作正面、詳細的交代，那一部分只作側面的簡單的暗示的安排，其中的選擇趨向如何把握？這該還原到作者創作時的狀態而言，小說家在進入具體創作之前，應有充份的自覺，其創作目的與美學追求都著有作者濃厚主觀與創造性的色彩，這份潛在力量悄悄地指導作家對結構的虛實安排進行調節。另外在創作時，常有一股非自覺的力量，在作家進入具體創作過程，著力於人物性格刻劃的同時，支配作家的不再只是一些自己充分意識到的理念以及既定的創作目的與美學觀念，這些理性觀念與原則，都已化為內聚力傾注到創作中。結構虛實的布置正體現著這樣的進程，原先羅貫中的創作傾向可能受制於講史平話與廣大人民的喜好趨向——擁劉反曹，對許多場面的增刪、人物性格的塑造，依循著既定的創作目的而寫，然而在真正創作中，作者之筆往往需顧及到結構的勻稱、內容的含量、情節的引人入勝、節奏的起

〔註 52〕見《中國古典小說藝術欣賞》，賈文昭、徐召勛著，安徽人民出版社，1982年，頁 201。

伏、觀點的變換……等等問題，此時的虛實布置不再是自覺的，而是作者整體創作觀的呈現。

（七）虛實與其他章法

《演義》中虛實運用之例如前所舉，處處俯拾即是。然虛實法與其他章法的聯繫，亦須論及，否則虛實法亦無法全方位的施展。

1、虛實與敘事方法

虛實法與敘事方法中的補敘、追敘，常常緊密相聯，因爲《演義》中許多補敘的情節，作者喜以虛筆行文，使情節兼具流暢感與完整性。例如毛氏所整理的：

> 三國一書有添絲補綿、移針勻繡之妙。凡敘事之法，此篇所闕者補之於彼篇，上卷所多者勻之於下卷，不但使前文不沓拖，而亦使後文不寂寞；不但使前事無遺漏，而又使後事增渲染，此史家妙品也。如呂布取曹豹之女，本在未奪徐州之前，卻于困下邳時敘之；曹操望梅止渴，本在擊張繡之日，卻于青梅煮酒時敘之；管寧割席分坐，本在華歆未仕之前，卻于破壁取後時敘之；……武侯求黃氏爲配，本在未出草蘆之前，卻于諸葛瞻死難時敘之，諸如此類，亦指不勝屈。〈讀三國志法〉

其他如王允見董卓弄權而日夜憂悶的情景，是由貂蟬口中補出；呂布因遭李、郭之亂而逃出武關以後的行蹤，是在他投奔張邈、襲破兗州、進據濮陽時補出；吳太夫人夢月和夢日生子，卻在臨終遺命時補寫。這些補敘的情節，作者常用虛筆行之。

2、虛實與敘事角度

《演義》爲使情節虛實繁略得當，往往將敘事角度加以變換，或經由人物眼中所見、口中說出、耳中聽到來敘述情節，避開了作者正面的實寫，轉由人物的所見所聞將角色形象、情節遞嬗加以呈現。透過故事中的角色的視野觀點對情節作片面交代，此即構成虛筆的要件——側面的敘述。

如《演義》中周瑜戰曹仁欲取南郡，一陣廝殺之後，帶領兵士逕到南郡，卻見南郡城下，旌旗滿布，於敵樓上的趙雲叫道：「都督少罪。吾奉軍師將令，已取城了。」對於趙雲如何取得南郡，均用虛寫，然透過周瑜眼中所見，此次戰爭的結果卻有了具體的交待。周瑜因取南郡不成，又遣甘寧取荆州，凌

統取襄陽，就在這時二次飛馬先後來報云：張飛襲荊州、雲長襲取襄陽。《演義》的作者並未將張飛如何襲取荊州、雲長如何襲取襄陽一一踏實細膩地實寫，將這些戰爭的情節放在幕後進行，戰爭的結果卻藉由周瑜耳中所聞加以陳述。

又如火燒赤壁前，吳、魏雙方有一激烈爭戰，作者採取人物眼中所見的敘述角度來鋪陳情節。如寫文聘（魏）與韓當、周泰（吳）相持不下，韓當周泰奮力攻擊，文聘抵敵不住，回船而走，均在周瑜眼中見出，藉由周瑜這個人物的側面敘述而得知戰爭的結果。同樣的情形尚有：周瑜在山頂看隔江曹軍的戰船，盡入水寨，密如蘆葦，正詢問諸將該用何計時，忽見曹操寨中，中央黃旗被風折，飄入江中，這些都經由周瑜眼中所見加以概括。

3、虛實與賓主法

毛宗崗在〈讀三國志法〉中曾論及「以賓襯主之妙」，指出小說中有些人物或故事是略寫，處於「賓」的位置，而另有一些是詳寫，處於「主」的位置。故比較《演義》賓主法與虛實法之關係，發覺二者對內容均有詳略的取捨：

賓法、虛筆——內容略
主法、實筆——內容詳

以毛氏於〈讀三國志法〉所舉的例子作說明：

> 將敘桃園兄弟三人，先敘黃巾兄弟三人。桃園其主也，黃巾其賓也。
>
> 將敘中山靖王之後，先敘魯恭王之後。中山靖王其主也，魯恭王其賓也。
>
> 將敘何進，先敘陳蕃、竇武。何進其主也，陳蕃、竇武其賓也。
>
> 敘劉、關、張及曹操、孫堅之出色，并敘各鎮諸侯之無用。劉備、曹操、孫堅其主也，各鎮諸侯其賓也。
>
> 劉備將遇諸葛亮而先遇司馬徽、崔州平、石廣元、孟公威等諸人。諸葛亮其主也，司馬徽諸人其賓也。諸葛亮歷事兩朝，乃又有先來即去之徐庶，晚來先死之龐統，諸葛亮其主也，而徐庶、龐統又其賓也。

所以就人物與事件的重要性，以及是否處於陪襯烘托的位置而論，可有賓主之分；然就大範圍的相對觀念而言，處於「賓」位的情節，乃為虛設，故其

所敘較爲簡省，不若「主」位之情節，需更多的文字筆墨加以陳述。

　　4、虛實與隱顯之法

　　毛氏曾於《三國演義》中提及「文有顯而愈顯」之批語。細究隱顯之筆法亦與虛實法相關。

　　如張永年返難楊修後，因與曹操發生言語衝突，遂被逐出魏境，念頭一轉，欲改獻西川與劉備，遂入蜀境。諸葛亮早已料知，特令趙雲、雲長慇懃接待，又安排劉備禮賢下士。此處作者雖以顯筆實寫劉備、關羽、趙雲如何接待張松，實際上即等於用了隱筆虛寫出諸葛亮的機智遠見，把諸葛亮如何調度劉、關、張三人虛寫，將之置於幕後進行。

　　《三國演義》在創作實踐上使用了虛實法，使得整個藝術結構完整和諧、錯落有致。並且也曾引起乾隆年間編寫《北史演義》、《南史演義》杜綱的效仿，自稱其創作實踐中亦把握「頭緒雖多，皆一線貫穿，事事條分縷析，以醒閱者之目」，並努力使之「濃淡相配，斷續無痕」、「前提後繳」、「用筆伸縮」，所謂「濃淡相配」即虛實法的運用。

三、《演義》結構虛實布置之缺失

　　然《演義》在情節結構的安排上，其虛實法之運用並非全無可議。如就「化實爲虛」的手法運用而言，其是相當成功的，不論是關羽溫酒斬華雄、擂鼓斬蔡陽、或者是臥龍崗的曠逸俊妙……，都以虛筆點染氛圍，在結構上更爽利清晰，不會處處拖沓。然在「化虛爲實」方面，有些情節卻處理得怪誕不經、裝神弄鬼，如張寶作法、啞泉、黑泉、朵思大王、木鹿大王、伏波顯聖、由神指迷……等等，這些虛構的情節，往往無法做到「幻中有眞」，亦無一定的情理倫次，所以在結構上反顯累贅，降低了藝術效果。

第四節　《三國演義》人物虛實之塑造

　　《三國演義》人物虛實論可分二個層次來探討：一、人物取材之虛實，這一部分與前面題材虛實論互有重疊交集，然題材虛實論是對史料運用虛實作檢討；而人物取材之虛實，則把焦點集中於──歷史人物，經由虛構後所呈現的面貌，藉此澄清人物在史書與小說中迥異的地位角色。二、人物塑造之虛實，主要是鑑賞《演義》如何藉著實寫、虛寫的寫作技巧去刻劃人物。

一、《演義》人物取材之虛實

　　將《三國演義》所描寫的三絕（曹操奸絕、關羽義絕、諸葛亮智絕）及其部分人物與史書作一比對，可發覺其中的異同。

（一）關　羽

　　如關羽，根據正史之載，他的確是萬人莫敵，然歷史上的猛將甚多，如黃摩西所說：「歷稽史冊，壯繆僅以勇稱，亦不過賁、育、英、彭流亞耳。至於死敵手，通書史，古今名將能此者正不乏人，非真可據以為超群絕倫也。」，故關羽僅是歷史名將中恆河之沙罷了！再據史實分析，他是蜀漢敗亡局面最重要的負責人，他的敗死麥城，使荊州落入吳手，而荊州，是諸葛亮還沒出山以前就計劃好的必爭之地，是蜀漢的命脈。然作者卻以大幅的筆墨勾繪關羽之義勇精神，約三事、斬顏良、誅文醜、溫酒斬華雄、過關斬將、單刀赴會、水淹七軍、刮骨療毒……等等，〔註 53〕擴大渲染他威猛的氣概，從而掩蓋他的缺點。

　　據《三國志・蜀書・關羽傳》之記載，關羽身陷曹營時，曾對張遼說：「吾極知曹公待我厚，想吾受劉將軍厚恩，誓以其死，不可背之，吾終不留，吾要當立效以報曹公乃去。」於是在斬顏良以後，便「盡封其所賜，拜書告辭，而奔先主於袁軍」。〔註 54〕這是發生在漢獻帝建安五年曹操進攻下邳時，俘虜了關羽，任命他為偏將軍。同年四月曹操與袁紹交戰，關羽刺死大將顏良，又被封為漢壽亭侯。但關羽並不貪圖富貴，而念念不忘劉備對自己的恩情，不久袁紹派劉備侵犯許縣，關羽得知備之下落，亦即棄曹奔劉。歷史上的關羽的確曾經投降曹操，然《演義》卻以「約三事」（一降漢不降曹、二與劉備的家屬一宅分兩院居住、三是探聽到劉備的下落便去尋找）強化關羽之形象，突顯在極端困難的環境中的關羽，絲毫沒有喪失氣節。又如華容道義釋曹操，《三國志》本傳未載，只有裴注引《山陽公載記》中有一段記載：「公（曹操）船艦為備所燒，引軍從華容道步歸，遇泥濘，道不通，天又大風，悉使羸兵負草填之，騎乃得過。」〔註 55〕可見作者為了更加突出關羽重義的形象，編撰了華容道義釋曹操一段。

　　又如「斬顏良誅文醜」。據《三國志》所言確有關羽斬顏良此事，只是《演

〔註 53〕轉引自孟瑤《中國小說史》，傳記文學出版社出版，1986 年，頁 334。
〔註 54〕同註 17，以上兩段引文均見於頁 940。
〔註 55〕同註 17，頁 31。

義》將事件增加了許多細節。又「誅文醜」於史書上壓根沒有提及關羽參與此事，反而是曹操親自指揮騎兵，在延津以南殺死文醜。「掛印封金」此一題材來源，在《三國志》上只簡單提到，關羽在離開曹營時，留下了自己所得的賞賜。然《演義》卷六第二則「關雲長封金掛印」卻增添了許多有趣的情節，創造出關羽「富貴不能淫、貧賤不能移、威武不能屈」的形象。又如第四則「關雲長五關斬將」純粹是講史家與戲劇家的虛構，而羅貫中卻都加以繼承。在五個極為相似卻各有變化的戰役中，表現了關羽非凡的武藝以及尋找兄長的決心。

其他挪寫史實面貌者甚多，如單刀赴會、水淹七軍、刮骨療毒……等等，再加上憑空虛構的溫酒斬華雄、三英戰呂布、古城會……，均使關羽變成「義薄雲天」的藝術典型。

（二）孔　明

其次是孔明，陳壽《三國志・蜀書・諸葛亮傳》中曾提及孔明：「然亮才，於治戎為長，奇謀為短，理民之幹，優於將略。而所與對敵，或值人傑，加眾寡不侔，攻守異體，故雖連年動眾，未能有克。」、「黎庶追思，以為口實。至今梁、益之民，咨述亮者，言猶在耳。雖甘棠之詠召公，鄭人之歌子產，無以遠譬也。」、「蓋應變將略，非其所長歟？」〔註56〕可知孔明的才能是有所長、有所短的。然《三國演義》中的諸葛亮卻讓人有莫測高深、神出鬼沒之感，什麼縮地法、襄星求壽法都來了。試整理《演義》作者改造孔明的方式：

1、擴大原有之事略〔註57〕

如諸葛亮七擒孟獲，裴松之注引習鑿齒《漢晉春秋》言：「亮至南中，所在戰捷。聞孟獲者，為夷、漢所服，募生致之。既得，使觀於營陣之間，問曰：『此軍何如？』獲對曰：『向者不知虛實，故敗。今蒙賜觀看營陣，若祇如此，即定易勝耳』。亮笑，縱使更戰，七縱七擒，而亮猶遣獲。獲止不去曰：『公，天威也，南人不復反矣』。」〔註58〕不滿百字的敘述，在《演義》卷十八中卻有七則長篇幅的描寫，所敷演出的「七縱七擒」故事，把諸葛亮寫成具有卓見、不畏險阻，且兼具智仁勇特質的人物。又如「六出祁山」，羅貫中往往將蜀國的小勝利渲染成輝煌的戰果，藉以誇耀諸葛亮之將才。

〔註56〕同註17，兩段引文分別見於頁930、934。
〔註57〕1、擴大原有之事略；2、改變原來事實面貌；3、掠奪別人之功蹟。此三點參考《三國水滸西游》，李辰冬著，水牛出版社，1977年，頁39。
〔註58〕同註17，頁921。

2、改變原來事實面貌

如《演義》卷十一第七則「劉玄德娶孫夫人」，其原先的史實依據爲《三國志‧蜀書‧先主傳》中的一段話：「權稍畏之（指劉備），進妹固好。先主至京見權，綢繆恩紀。」（前已引）劉孫聯姻雖有其事，然絕非因荊州關係，孫權以妹誘備，以致賠了夫人又折兵。

3、掠奪別人之功績

如《演義》卷十第七則「周公瑾赤壁鏖兵」，據陳志與平話均言周瑜火燒赤壁，《演義》雖未抹煞周瑜之功，然又強調如無「七星壇諸葛祭風」，則周瑜之計難以成，將定三分赤壁之戰的成功歸諸於諸葛亮的計謀。又據《三國志》所載攻占益州、漢中本是劉備的功績。在劉備攻取益州的三年時間，諸葛亮只在前線停留一年；在劉備攻取漢中三年時間，諸葛亮始終都留在成都。《演義》卻將劉備的戰功移花接木轉給了諸葛亮。

（三）曹　操

對於曹操，《三國志‧魏書‧武帝紀》之《評》則云：「……總御皇機，克成洪業者……，抑可謂非常之人，超世之傑矣」，與英豪無異。《魏書》上又說：「自遭荒亂，率乏糧穀。諸軍並起，無終歲之計，飢則寇略，飽則棄餘，瓦解流離，無敵自破者不可勝數……公曰：『夫定國之術，在於強兵足食，秦人以急農兼天下，孝武以屯田定西域，此先代之良式也。』是歲，乃募民屯田許下，得穀百萬斛。於是州郡例置四官，所在積穀，征伐四方，無運糧之勞，遂兼滅群賊，克平天下。」〔註59〕即可看出他對百姓生民之照顧。於文學上他更有〈短歌行〉之作、橫槊賦詩的美談。

然而自宋代說話將曹操形象改造後，羅貫中承著說話人之路子去刻劃曹操，因而使得曹操完全失去其本然的形象。如曹操殺呂伯奢（於本章第二節已有提及），本來《三國志‧魏書‧武帝紀》裴松之注羅列了三條材料，然羅貫中卻選擇最不利曹操形象的史料，加油添醋。又如許田射獵，《三國志‧蜀書‧關羽傳》注引《蜀記》言：「劉備在許，與曹公共獵。獵中，眾散，羽勸備殺公，備不從。……」〔註60〕此乃《演義》卷四第九則「曹孟德許田射鹿」的題材來源，史書根本沒提到漢獻帝參加打獵。《演義》卻說曹操與漢獻帝一起打獵時，

〔註59〕同註17，兩段引文分別見於頁14、55。
〔註60〕同註17，頁940。

接過漢獻帝的雕弓金鈚箭，射倒一隻鹿。而群臣和眾將誤以爲鹿是漢獻帝射中的，齊呼萬歲。尤以「曹操縱馬而來，遮於天子之前，以迎當之」這幾句話，把曹操懷有篡位的異心點染的昭然若揭，此與歷史上的原型已有了距離。

又如「衣帶詔」的情節。據《三國志》所記，建安四年董承接到漢獻帝藏在衣帶中的密詔，與鍾輯、吳子蘭、王服、劉備合謀反對曹操，次年事情敗露，董承等四人被殺，夷三族，僅劉備幸免。〔註 61〕又於建安二十三年，耿紀、韋晃、吉本等起兵反對曹操失敗，亦被殺，夷三族。〔註 62〕事實上董承反曹與吉平反曹二者毫無干系，前後相隔十九年。而《演義》卻將這些史材來源敷演成「董承密受衣帶詔」（卷四第十則）、「青梅煮酒論英雄」（卷五第一則）、「曹孟德三勘吉平」（卷五第六則）、「曹孟德勒死董貴妃」（卷五第七則）等故事，藉以強化曹操奸臣形象。

又如《演義》卷十四第二則「曹操杖殺伏皇后」。據《三國志》所載，伏后曾寫給其父伏完一封信，言漢獻帝因董承與董貴人被殺而怨恨曹操，希望伏完設法除掉曹操。伏完膽子小，未敢有所動作。建安十四年伏完死去，建安十九年此事暴露，曹操派人殺死伏后，伏后所生二子、兄弟、家族百餘人均遇害。〔註63〕《演義》卻改寫了史實面貌，將伏后之死與曹操進爵相繫聯，將伏完、穆順捏塑成忠義之士，烘托出曹操的殘忍與野心勃勃。

又如《三國志‧魏書‧武帝紀》中所敘建安十三年的赤壁之戰，十分簡略，只提及曹操敗退，沒有涉及他如何指揮作戰。裴注引《山陽公載記》云，曹操走出華容道時，曾慶幸劉備沒有提前放火這。如斯簡單的敘述，在《演義》中卻敷演出波瀾壯闊、引人入勝的赤壁之戰，而志得意滿、目空一切、飛揚跋扈、剛愎自用、虛僞狡猾的曹操形象，更躍然紙上。

〔註61〕 見於《三國志‧魏書‧武帝紀》中云：「（建安五年春正月，董承等謀泄，皆伏誅。」（同註十七，頁18）所載，以及《三國志‧蜀書‧先主傳》云：「先主未出時，獻帝舅車騎將軍董承辭受帝衣帶中密詔，當誅曹公。……遂與承及長水校尉鍾輯、將軍吳子蘭、王子服等同謀。會見使，未發。事覺，承等皆伏誅。」（同註十七，頁 875）

〔註62〕 見於《三國志‧魏書‧武帝紀》云：「（建安）二十三年春正月，漢太醫令吉本與少府耿紀、司直韋晃等反，攻許，燒丞相長史王必營，必與潁川典農中郎將嚴匡討斬之。」（同註十七，頁 50）

〔註63〕 見於《三國志‧魏書‧武帝紀》所載：「（建安十九年）十一月，漢皇后伏氏坐昔與父故屯騎校尉完書，云帝以董承被誅怨恨公，辭甚醜惡，發聞，后廢黜死，兄弟皆伏法。」（同註十七，頁 44）

（四）其他人物

又如劉備，在羅貫中筆下成爲「仁君」的典型。事實上許多有關劉備的描寫亦是出自於虛構。如「陶恭祖三讓徐州」的史實真象是陶謙活著的時候，從來沒有把徐州讓予劉備，只是他臨死前曾云：「非劉備不能安此州地。」《演義》憑此言編造了「三讓徐州」。又如「送徐庶」，據《三國志・蜀書・諸葛亮傳》所載，徐庶在建安十二年成爲劉備的部下，建安十三年因曹操大舉進攻荊州，在當陽擊潰備之軍隊，徐庶聽聞母親被曹軍俘虜，即離開備歸順曹操。〔註64〕歷史上的徐庶並無任何的汗馬功勞，不似《演義》中有定計奪樊城之功，而徐庶離開備時，曹軍精銳騎兵正向江陵挺進，備正急於逃命，根本不可能有一程又一程的送別場面。

又如前已述及張飛「鞭督郵」一段，據《三國志・蜀書・先主傳》和裴注所引《典略》所載——「鞭督郵」的主角應是劉備，然《三國志平話》與《演義》卻移花接木地將不合劉備「仁君」形象的事件，轉接到張飛身上，並將情節予以改寫，史書上的督郵，因不肯接見劉備而遭打；《平話》中的督郵，因主觀武斷而遭打；《演義》中的督郵，一變而爲寡廉鮮恥、心狼手辣的貪官污吏。

再如《三國志・蜀書・張飛傳》所記，建安十三年九月，曹操率領五千名騎兵，在當陽長阪追上劉備的軍隊。「先主聞曹公卒至，棄妻子走，使飛將二十騎拒後。飛據水斷橋，瞋目橫矛曰：『身是張益德也，可來共決死！』敵皆無敢近者，故遂得免。」〔註65〕到了《三國志平話》更將劉備的形象加以誇大，言張飛在面對曹軍三十萬時，大叫一聲，橋梁皆斷，江水逆流，致使曹軍後退三十餘里。而《演義》除了捕捉住張飛的英勇外，還把《平話》加以增飾改動，刪去「喝斷橋梁」、「江水逆流」等過於夸誕的情節，以夏侯霸被張飛之叫聲驚得肝膽碎裂，撞倒於馬下，曹軍棄槍向西奔走者無數，渲染出張飛的威力。

此外，周瑜的形象亦經大幅的改寫。「三氣周瑜」基本上並不符合史實面貌。歷史上的諸葛亮並未在任何的爭戰中勝過周瑜，周瑜更不是因器量狹小、

〔註64〕見於《三國志・蜀書・諸葛亮傳》中所載：「先主在樊聞之，率其眾南行，亮與徐庶並從，爲曹公所追破，獲庶母。庶辭先主而指其心曰：『本欲與將軍共圖王霸之業者，以此方寸之地也。今已失老母，方寸亂矣，無益於事，請從此別。』遂詣曹公。」（同註十七，頁914）

〔註65〕同註17，頁943。

忌才妒能、目光短淺而氣死，根據《三國志・吳書・周瑜傳》記載，建安十五年周瑜取得孫權的同意，準備進攻益州和漢中，但他自京口返回江陵途中，不幸患病，死於巴丘。且至建安二十年，孫權方與劉備爭奪荊州的長沙、零陵、桂陽三郡，故奪荊州根本與周瑜毫不相干。《演義》的作者藉著「三氣周瑜」的故事烘托出諸葛亮的神機妙算與寬宏大量、顧全大局的性格。

前面我們將《演義》中之人物與史實作一聯繫，發覺到《演義》中之人物形象，雖與歷史上的原型有聯系，然已或多或少改變了原型的本來面貌。周兆新先生對此體認甚深，曾云：

> （演義）對於歷史人物，並不進行全面和細緻的研究，而只是抓住其一、兩個特徵予以強化。作者還根據自己的褒貶態度和愛憎感情，對歷史人物進行改造，把更加廣闊的社會生活內容，經過提煉之後，集中到他們身上，結果歷史人物逐步轉化成了小說人物。這些小說人物的姓名多半與歷史上的原型相同，經歷多半與原型相似，思想性格多半與原型有某種關聯。但作爲一個完整的人物形象與原型相比，往往產生或大或小的距離。也就是說，《演義》中的人物，不一定是某個特定歷史人物的真實再現。〔註66〕

所以作者對人物的取材，雖以史爲據，然已脫離史之束縛，重新賦予小說人物新生命。亦即作者再創造了每個人物的形象，無論是將史材加以擴大、聯縮、擇取、改造、替換，這些小說人物都是超越史材而獨立的，故對人物取材之虛實，已經呈現出一條不容置疑的道路，即虛構的絕對化。

二、《演義》人物塑造之虛實

在經過取材虛實之汰選後，如何以虛筆、實筆的技巧進行人物的勾勒，亦值得探究。

（一）實 寫

就技巧而論，所謂實寫即對人物以工筆如實地刻劃，而不論作者對人物的取材是來自於虛構、抑或史料。可分三方面加以討論：

1、肖 像

《演義》描寫劉備的相貌如下：

〔註66〕同註11，頁90。

> 生得身長七尺五寸，兩耳垂肩，雙手過膝，目能自顧其耳。面如冠
> 玉，唇若塗朱。（見《演義》卷一「祭天地桃園結義」）

張飛之形貌爲：

> 身長八尺，豹頭環眼，燕頷虎鬚，聲若巨雷，勢如奔馬。（同前）

關羽的長相爲：

> 身長九尺三寸，髯長一尺八寸，面如重棗，唇若抹朱，丹鳳眼，臥
> 蠶眉，相貌堂堂，威風凜凜。（同前）

曹操之肖像爲：

> 身長七尺，細眼長髯，膽量過人，機謀出眾。（見《演義》卷一「劉
> 玄德斬寇立功」）

其他如孫權的「方頤大口，碧眼紫髯」、諸葛亮的「身長八尺，面如冠玉，頭
戴綸巾，身披鶴氅，眉聚江山之秀，胸藏天地之機」，均具有奇特之異相。美
國著名漢學家羅伯特・魯爾曼（Robert Ruhlmann）曾言：〔註67〕

> "Hero"這個字，在中文裡可作爲「英雄」、「大丈夫」（古代用語）或
> 好漢（民間通用），故事文學裡常見的名詞尚有「非常人」以及形容
> 詞「奇」字。這些字通常指非常的體力、德操、精力和志向，以及
> 對某一或好或壞大理想的獻身，或是不從眾的行爲，甚至指奇特的
> 相貌及體型。
>
> 相貌及體型之特點極富象徵性，能夠顯示一個人內在的偉大，而不
> 需事先見證於言行。

Robert Ruhlmann 之言正呼應了羅貫中實寫人物肖像之景況，亦即《演義》常
借用獨特之體型與容貌來強化人物之重要性。

　　此外，《演義》對人物之服飾等細微處，亦相當注意，除增強肖像的獨特
性外，亦對人物身份、性格有所暗示。如寫孟獲：

> 門旗開處，數百蠻夷騎將兩翼擺開，中間孟獲出馬，頭頂嵌寶紫金
> 冠，身披纓絡紅錦袍，腰繫碾玉獅子帶，腳穿鷹抹綠靴，騎一匹鬈
> 毛赤兔馬，懸兩口松紋廂寶劍，昂然觀望。（見《演義》卷十八「諸

〔註67〕底下兩段引文見〈中國通俗小說戲劇中的傳統英雄人物〉，羅伯特・魯爾曼
（Ribert Ruhlmann）著，朱志泰譯，見《英美學人論中國古典文學》（Essays on
Classical Chinese Literature by British and American Scholars），香港中文大學出
版，1973 年，頁 71、72。

葛亮一擒孟獲」)

> 孟獲身穿犀皮甲，頭頂朱紅盔，左手挽牌，右手執刀，騎赤毛牛，
> 口中辱罵。(見《演義》卷十八「諸葛亮四擒孟獲」)

以實筆刻劃其裝扮穿著的凜凜英姿，正與孟獲性格的剛猛勇武相合。

2、語 言

人物的聲口亦是層層堆疊人物形象的利器。如《演義》卷五「青梅煮酒論英雄」曹操對劉備的一番言語：

> 操曰：「夫英雄者，胸懷大志，腹有良謀，有包藏宇宙之機，吞吐天
> 地之志者也。」玄德曰：「誰能當之？」操以手指玄德，後自指，曰：
> 「今天下英雄，惟使君與操耳！」

由這番言語不難看出曹操的英雄情懷，他認爲自己與劉備即已兼具胸懷全局、志向遠大、韜略滿腹的英雄素質。

又如《演義》卷十一「周瑜南郡戰曹仁」。此時孫劉聯盟大敗曹操於赤壁不久，劉備急欲與東吳搶奪南郡。周瑜聞知，和魯肅一道來見劉備，告訴他東吳取南郡「已在掌中」。劉備笑曰：「勝負不可預定。曹操臨歸，命曹仁守南郡等處，必有奇計；更兼曹仁勇不可當；但恐都督不能取耳。」周瑜被此一激，馬上就回答：「吾若取不得，那時任從公取。」劉備即刻抓住周瑜一時語失，認眞地說道：「子敬、孔明在此爲證，都督休悔。」待周瑜、魯肅走後，劉備問諸葛亮：「卻才先生教備如此回答，雖一時說了，輾轉尋思，於理未然。我今孤窮一身，無置足之地，欲得南郡，權且容身；若先教周瑜取了，城池已屬東吳矣，卻如何得住？」

劉備一心想得南郡，而言語中卻故作寬讓大度，並以一副不以爲然的姿態告知周瑜南郡不可得，一改赤壁之戰前爲了取得孫劉聯盟的低聲下氣。劉備表現仁義眞誠於外，而權術隱含於內，其性格之矛盾點正由此可見。

又在劉備的許多言語中，可見其仁義。

（1）對待同盟者：〔註68〕如曹操爲父報仇殺往徐州，孔融代陶謙向劉備求救時，劉備答應向公孫瓚借兵相救，孔融叮囑：「公切勿失信。」劉備答：「聖人云：『自古皆有死，人無信不立。』劉備借得軍或借不得軍，必然親至。」公孫瓚勸劉備：「曹操與君無仇，何苦替人出力？」劉備回答：「備已許人，

〔註68〕 （1）（2）（3）三點參考《三國演義藝術欣賞》，鄭鐵生著，中國國際廣播出
版社，1992年，頁180。

不敢失信。」

（2）對待落難者：當曹操聽了荀彧的計謀，寫密信教劉備殺掉呂布時，張飛認為呂布是無義之徒，殺之無礙，而劉備則認為：「他勢窮而來投我，我若殺之亦是不義」。於是，不但未殺，反而還將此事告訴呂布，並安慰呂布道：「兄勿憂，劉備誓不為此不義之事。」

（3）對待俘虜：當魏延活捉了劉璋的部將泠苞時，劉備毫無侮辱加害之意，而是賜與衣服鞍馬，令其回城。魏延擔心放回去不再來了，劉卻說：「吾以仁義待，人不負我。」結果泠苞回去仍反劉備。他第二次被俘，劉備責泠苞曰：「吾以仁義相待，放汝回去，何敢背我！今次難饒！」

可見作者處處以「仁義」營造劉備之形象，「仁義」此一理想概念，成為決定劉備行為態度的基本因素。而《演義》塑造其他人物常有異曲同工之妙，以言語聲口去突顯人物的性格質素。

3、動　作

人物的動作常透露其心中之想法，甚至積累成獨特的性格特質。

如赤壁之戰前，東吳內部多主降。特別是謀臣的代表人物張昭態度更力傾主降，其言：「曹操擁百萬之眾，借天下之名，以征四方，拒之不順。且主公大勢可以拒操者，長江也。今操既得荊州，長江之險，已與我共之矣，勢不可敵。以愚之計，不如納降，為萬安之策。」張昭之言得到眾士的響應，皆稱曰：「子布之言，正合天意。」而孫權卻做出「沉吟不語」的動作。張昭又勸諫，孫權再次做出「低頭不語」的動作。此處孫權兩度低頭不語，正披露其內心的想法，其內心並非在戰或降中舉棋不定，而是眾人泛泛之論，並未有人深沉地敲中其主戰力搏的想法。而在魯肅力排眾議主戰後，孫權才感嘆言道：「諸人議論，大失孤望。子敬開說大計，正與吾見相同。此天以子敬賜我也！」

又當諸葛亮假意勸孫權降曹時，其「不覺勃然變色，拂衣而起，退入後堂。」孫權心中之果決由此可知。後來知道諸葛亮是故意相激時，便傾心相談：「曹操平生所惡者：呂布、劉表、袁紹、袁術、豫州與孤耳，今數雄已滅，獨豫州與孤尚存。孤不能以全吳之地，受制於人。吾計決矣。非劉豫州莫與當曹操者；然豫州新敗後之後，安能抗此難乎？」此番言語又透露出孫權謹慎過人，思慮問題之周密。

之後對於擁有「雄兵百萬，上將千員」的曹軍，有了戰勝的策略，「權矍然起曰：『老賊欲廢漢自立久矣，所懼二袁、呂布、劉表與孤耳。今數雄已滅，

惟孤尚存。孤與老賊，誓不兩立！卿言當伐，甚合孤意，此天以卿授我也。』瑜曰：『臣爲將軍決一血戰，萬死不辭。只恐將軍狐疑不定。』權撥佩劍砍面前奏案一角曰：『諸官將有再言降操者，與此案同！』言罷，便將此劍賜周瑜，即封瑜爲大都督……如文武官將有不聽號令者，即以此劍誅之。」〔註69〕

經由上述動作的層層遞進，孫權胸懷大志的形象、破釜沉舟的決心、審愼透徹的思維以及果敢獨斷的性格，栩栩如生。

又如《演義》卷九第二則「長阪坡趙雲救主」，對趙雲、劉備一聯串動作的描繪，亦十分動人。趙雲解開懷抱、阿斗在懷內酣睡、趙雲遞阿斗、玄德擲阿斗、趙雲又忙從地下抱起阿斗等動作，這些細微的動作把劉備與趙雲間的君臣契合，描繪的擲地有聲。

《演義》至今仍具有迷人魅力，其人物的生動活潑應是主因。雖然《演義》塑造人物時常將一個人物的某一主要特徵極力強化，使得寄寓於主要特徵之中的理想概念顯得特別明晰：如諸葛亮的智絕、關雲長的義絕、張飛的莽勇……等等，而忽略其他次要特徵的運作，然這些卻無損《演義》在刻劃人物肖像、鋪陳人物語言、布置人物動作的成就。

（二）虛　寫

關於《演義》中虛寫的技巧，在第三章第三節「人物虛實論」中已舉出毛宗崗對虛實之法的體會。在此可做一印證：

如《演義》卷一第六則「呂布刺殺丁建陽」，透過李儒眼中見出呂布之形象爲「身長一丈，腰大十圍，弓馬熟閑，眉目清秀」。又董卓於溫明園聚會後，按劍立於園門，意欲傷害百官。忽一人躍馬持戟於園門外往來。卓問李儒此何人也。於是呂布之身分乃借李儒之口帶敘而出，儒曰：「此丁原義兒呂布，勇不可當也」。接著董卓欲納呂布於己帳下，卻苦不知何人可說呂布，此時虎賁中郎將李肅言曰：「主公勿憂，某與呂布同鄉，足知其人，勇而無謀，見利忘義。憑三寸不爛之如，說呂布拱手來降主公。」透過李肅之口對呂布性格作概括。

《演義》在介紹人物出場時，往往將敘事角度加以變化，不管是透過一群人眼中所見來刻劃人物，還是經由人物之口來敘述情節，都避開了作者正面的實寫，轉由人物的所見所聞將角色形象、情節遞嬗加以呈現。如此的視野觀點非全知，即使所敘十分詳盡，仍只是故事中的角色對情節作片面交代，此即構

────────────

〔註69〕以上所述之情節見於《演義》卷九「諸葛亮智激孫權」。

成虛筆的要件——側面的敘述。以上呂布形象即透過此種方式砌成。

《演義》中利用他人眼中所見來虛寫人物者尚有許多，如《演義》卷一第九則「曹操起兵伐董卓」中的關羽斬華雄。袁紹此方正無人可對付華雄，忽聞一人願往，於是眾視之「見其人身長九尺五寸，髯長一尺八寸，丹鳳眼，臥蠶眉，面如重棗，聲似巨鐘。」以眾人眼中所見，側寫出關羽之形象。

再舉《演義》卷一第十則「虎牢關三英戰呂布」中王匡眼中所見的呂布形象「頭戴三叉束髮紫金冠，體掛西川紅錦百花袍，身披獸面吞頭連環鎧。腰繫勒甲玲瓏獅蠻帶，弓箭隨身可體，手持畫桿方天戟，坐下嘶風赤兔馬。」呂布威風凜凜之形象由王匡眼中敘出。

又如《演義》卷九第六則「諸葛亮智激孫權」，諸葛亮出使江東聯吳抗曹，經由諸葛亮之眼，再次描寫了孫權「碧眼紫髯，堂堂一表」，並進一步經由諸葛亮推知孫權之性格特質「只可激，不可說」。

事實上，小說人物的出場技巧本不拘一格，如何將其他人物的心理活動一起帶入小說情境中，利用故事人物之眼、之口來替換作者的直接敘寫，無疑是把人物間的聯繫提高了。

此外，透過對次要人物的著力描寫，烘托主要人物，亦為虛寫手法之一。如關羽斬華雄，對次要人物（俞涉、潘鳳、華雄）的描寫篇幅，遠超過主要人物（關羽）。然作者焦點於次要人物銳不可當的勇猛時，亦虛寫出主要人物的駭人氣勢。

《演義》卷十五第九則「關雲長刮骨療毒」亦是從側面入筆，作者先把鏡頭集中於幾個畫面上——華佗用刀刮骨去毒悉悉有聲，血流盈盆，見者皆掩面失色，關羽談笑奕棋、神態自若。作者於此段文中並未提及關羽具有如何如何的豪邁氣概，而是從旁物旁人虛寫出關羽異乎凡夫俗子的勇者特質，如此之手法讓人更覺入木三分。

再者，透過周圍環境與人物來寫主要人物，亦是虛寫。最妙者莫過於「三顧茅廬」該段。環境之清幽虛寫出孔明的超凡不俗；而「神清氣爽，目秀眉清，容貌軒昂，豐姿英邁，頭戴逍遙烏巾，身穿青衣道袍，杖藜從山僻小路而來」的崔州平，或者在路旁酒店對飲高歌的石廣元、孟公威，或是在草堂上擁爐抱膝而歌的諸葛均，還是騎小驢、詠梁父吟的黃承彥，都虛寫出孔明之飄逸豁達，而這些陪襯人物的衣著、談吐、清奇容貌、飄逸風度處處都有諸葛亮的身影。

故《演義》中的人物,不僅有實寫之立體、直接,更有虛寫之意蘊無窮,透過次要人物與背景人物的運作,主要人物的活動場景清晰可辨,作品的現實氛圍亦得以增強。而由虛寫與實寫所構成的形象體系中,每個人物的出現都有其相對的重要性與位置,從中可得知作者的創作意圖。

三、《演義》人物虛實塑造之缺失

《演義》之人物常被視爲類型化人物的代表,亦即其具有忠、奸、義、勇、智某一種易於辨識的主要特徵,然細究《演義》對人物虛實之塑造,往往在取材時失之偏頗,以致於人物形象呈現過度捏造之情形。魯迅先生曾批評云:

> 至於寫人,亦頗有失,以致欲顯劉備之長厚而似僞,狀諸葛之多智
>
> 而近妖……〔註70〕

以爲《演義》人物的塑造,仍存在著許多缺失。此處所言人物塑造之缺,是由題材虛實運用不當所引發者。

例如《三國志·蜀書·諸葛亮傳》裴注引《漢晉春秋》,曾提及諸葛亮七縱七擒孟獲(前已有引出原文),到了《演義》更擴大篇幅以塑造諸葛亮仁義、智慧、膽識服人的形象。然七縱七擒的故事,荒謬怪誕的情節頗多:如卷十八第五則「諸葛亮二擒孟獲」寫馬岱率蜀兵渡過瀘水,因天氣炎熱,毒聚瀘水,士兵個個口鼻出血而死,此段描寫頗爲荒誕詭異;又如第六則「諸葛亮三擒孟獲」寫孟獲之弟孟優所帶之隨行都是青眼黑面,黃髮紫鬚,耳帶金環,鬈頭跣足,身長力大之士,將南蠻之人描寫得面目猙獰;又如第八則「諸葛亮五擒孟獲」寫啞泉、滅泉、黑泉、柔泉四個毒泉,更恍若武俠小說所捏造之境;再舉木鹿大王、兀突骨與諸葛亮鬥法等情節,與神魔小說之屬相似,這些都無益於人物性格的深化,亦遠離了藝術眞實之範疇;且其所描寫的地域是西南,在許多細節上更反映了作者生活上的局限,所以在這一部分的虛構,往往流於不眞實。同樣的情形,在七星壇祭風、巧佈八陣圖、六出祁山中亦可見,不管是寫諸葛亮裝神弄鬼、縮地孃星、或具奇門遁甲之術……,都缺乏眞實感,把人物塗上一層神秘色彩。

又據陳壽在《三國志·蜀書·諸葛亮傳》中一再提到孔明:「然亮才,於治戎爲長,奇謀爲短,理民之幹,優於將略。」、「蓋應變將略,非其所長歟?

〔註70〕同註6,頁114。

〔註 71〕」可見決策千里並非諸葛亮之長才。然《演義》接收許多講史家所敷衍的三國故事，採取移花接木的方式，將劉備的許多戰功轉移給諸葛亮，藉以渲染他的軍事才能與奇謀奇略。如此一來，反而《三國志・蜀書・諸葛亮傳》所提及的：

> 諸葛亮之爲相國也，撫百姓，示儀軌，約官職，從權制，開誠心，
> 布公道；盡忠益時者雖讎必賞，犯法怠慢者雖親必罰，服罪輸情者
> 雖重必釋，游亂巧飾者雖輕必戮；善無微而不賞，惡無纖而不貶；
> 庶事精練，物理其本，循名責實，虛僞不齒；終於邦域之內，咸畏
> 而愛之，刑政雖峻而無怨者，以其用心平而勸戒明也。〔註72〕

對於孔明在行政方面和治理人民的才華，反而有所偏廢。

此外，羅貫中對劉備相關史料的擇取，亦只選擇符合其創作意圖的部份。如據《三國志・蜀書・先主傳》所載：「先主設伏兵，一旦自燒屯僞遁，惇等追之，爲伏兵所破。」〔註 73〕劉備的博望燒屯，巧用火攻，大破曹兵，被轉移到諸葛亮身上。又據《三國志・魏書・武帝紀》云：「公（曹操）自江陵征備，至巴丘，遣張憙救合肥，權聞憙至，乃走。公至赤壁與備戰，不利。於是大疫，吏士多死者，乃引軍還。備遂有荊州江南諸郡。」〔註74〕再者如《三國志・蜀記・諸葛亮傳》言孔明說服孫權聯合抗曹，孫權立即「遣周瑜、程普、魯肅等水軍三萬，隨亮詣先主，并力拒曹公。曹公敗於赤壁，引軍歸鄴。先主遂收江南……」。〔註75〕《三國志・蜀書・先主傳》亦有相同的記載：「先主與吳軍水陸並進，追到南郡，時又疾疫，北軍多死，曹公引歸」。〔註76〕可知赤壁破曹，劉備居功厥偉。

又如《三國志・蜀書・先主傳》中云：「曹公自長安舉眾南征。先主遙策之曰：『曹公雖來，無能爲也，我必有漢川矣。』及曹公至，先主斂眾拒險，終不交鋒，積月不拔，亡者日多。夏，曹公果引軍還，先主遂有漢中。」〔註77〕此處劉備進攻漢中時，所表現的軍事卓見與謀略，實不可小覷。

〔註 71〕 同註 17，頁 934。
〔註 72〕 同註 71。
〔註 73〕 同註 17，頁 876。
〔註 74〕 同註 17，頁 30、31。
〔註 75〕 同註 17，頁 915。
〔註 76〕 同註 17，頁 876。
〔註 77〕 同註 17，頁 884。

　　然史實中具有權謀、術略性格的劉備與羅貫中在《演義》中所塑造的「仁君」具有相當大的落差。《演義》中的劉備所以能成爲蜀主，所恃者非其雄才大略，而是「仁義」。「仁義」正是作者寄寓在劉備形象中的一種理想概念。如作者寫到樊城撤退時，許多老百姓哭聲不絕，劉備遂難過得欲投江而死；老百姓之於劉備，「若老若幼，齊聲大呼曰：『我等雖死，亦隨使君！』」更是忠心臣服。劉備治理新野時，更與人民有如魚水般和睦，百姓頌讚劉備道：「新野牧，劉皇叔，自到此，民豐足」。

　　總而言之，《演義》中的劉備處處「躬行仁義」，甚至隨時均有以身殉義的準備。他三辭徐州牧，乃恐陷於不義；他不肯乘危奪劉表的荊州，是不忍作負義之事；他不肯當皇帝，是不想做個不忠不孝之人；他對待文臣武將「情同骨肉」、「生死與共」，故有雲長千里走單騎、長阪坡趙雲救主、徐庶走馬荐諸葛、伐松望友、三顧茅廬、遺詔托孤……等描寫。在《演義》中的劉備，甚至可以爲「仁義」不要地盤、不要當皇帝，這顯然與歷史中的劉備相矛盾，亦即與歷史現實中欲爭霸天下的劉備相衝突。小說中的劉備與史實中的劉備失去了必然的聯繫，作者捨棄了史實，而從理想概念出發，如此一來，建立在「仁義」概念上的劉備形象往往因增飾太過，導致了反效果。

　　例如：陶謙三讓徐州，劉備均拒絕接受；從樊城撤退時看到百姓遭難，他竟然要投江而死……，這些描寫常常超出情理範圍，讓人產生劉備「長厚而似僞」的感覺。同時在情節的安排上常與劉備仁義的性格有矛盾的現象，例如：劉備既然處處躬行仁義，然卻在曹操欲殺呂布之時，落井下石，讓呂布臨死前直言劉備「是兒最無信者」、「大耳兒不記轅門射戟時」；其既是一個仁厚長者，就不應當運用權術奪取益州；既對東漢王朝忠心耿耿，就不應當自稱漢中王，然後自立爲皇帝；既尊重和絕對信任諸葛亮，就不應在夷陵之戰中專斷獨行。

　　這些無法協調的內容，暴露出羅貫中在人物取材上的窘境：其一方面按照史書，寫下了劉備與「仁君」形象相違的事跡，一方面又按照心中既定的理想概念去剪裁歷史，而這兩脈寫作源泉，常使羅貫中顧此失彼，也因此導致人物性格出現矛盾而無法統整的現象。

　　可見人物取材之虛實，貴在虛實相生，過度的捏造，往往導致反效果，因爲其違反了客觀情理，隨意貶低或拔高人物，會使其形象脫離眞實，失去生命力。

第五章　古典小說虛實論之價值

　　藉由第二章小說虛實論之演進，對歷代虛實演進之思潮脈絡得以澄清，
且得出縱向「史」的概念。第三章題材、結構、人物虛實論之釐定，經由小
說評點理論之整理，虛實理論得以建構。第四章《三國演義》虛實論之詮評，
是具體尋繹虛實論在小說中的應用方式及效果，屬於橫向「現象」方面的印
證。這些多重而不重複指涉的範疇，顯示虛實論不僅成為小說發展史的一環，
更是小說評點理論的重鎮，且是小說創作論、審美鑒賞論的核心。故對於虛
實論之基本範疇都掌握後，虛實論之構成本體更需抽絲剝繭地探討，以明瞭
其運行之規律。透過本體原則之剖析，虛實論由內而外之理論架構才得以鞏
固，而其價值亦可經由原則之建立而彰顯。

　　本章擬分二節作討論，首先是虛實論之構成原則，再者是揭示虛實論之
作用。

第一節　虛實論之構成原則

　　小說既成文本，其虛構性即已確立。然小說引人入勝處，常令人忘卻其
虛構性質的存在，這是因為小說能在虛構中建立起一種真實，這樣的真實往
往模糊了作品與現實之分野，甚至以為作家所寫所述都是真情實事。事實上，
會產生作品真實與虛構的迷思，是因未能了解虛實論的構成原則，忽略藝術
真實呈現的遞進過程。

一、小說評點家所論之構成原則

　　歷來小說評點家即已注意到小說虛構性與真實性之關係。如金聖嘆所提

的「因緣生法說」、「動心說」、「格物忠恕說」：

（一）金聖嘆

1、因緣生法說

金聖嘆在《水滸傳》第五十五回評云：

> 耐庵作《水滸》一傳，直以因緣生法爲其文字總持。

這裡金聖嘆以佛學「因緣生法」來分析《水滸》的創作經驗。「因緣生法」原是佛教語：因，是指一物之生，親與強力者爲因；緣，是指疏添弱力者爲緣；法，爲通於一切之語。〔註1〕一切事物的生成起滅是受直接條件和輔助條件而導致的，就是因緣生法。金聖嘆援引佛理，乃深解事物生生滅滅、無住無常往往有因緣之作用，故將之應用於創作過程的分析上，認爲小說於作者手中頃刻間捏合、聚散，與「因緣生法」之理相通，其所謂「一部書從才子文心捏造而出，並非眞有其事」（第三十五回回評），亦明白揭示小說世界的假有性與虛構特徵。

2、動心說

金聖嘆又於第五十五回回評云：

> 謂耐庵非淫婦、非偷兒者，此自是未臨文之耐庵耳。……惟耐庵於三寸之筆、一幅之紙之間，實親動心而爲淫婦，親動心而爲偷兒。既已動心則均矣。又安辨詭筆點墨之非入馬通奸，泚筆點墨之非飛檐走壁耶？經曰：「因緣和合，無法不有。」……而耐庵做《水滸》一傳，直以因緣生法爲其文字總持，是深達因緣也。深達因緣之人則豈惟非淫婦也，非偷兒也，亦且非奸雄也，非豪傑也。何也？寫豪傑、奸雄之時，其文字亦隨因緣而起，則是耐庵固無與也。或問曰：「然則耐庵何如人也？」曰：「才子也。……眞能格物致知者也。」

所謂「動心」是作者對作品中人物的認同。作者塑造各類人物時，都應該進入忘我的幻化狀態，不論是寫潘金蓮，還是寫時遷，都要沉浸到這些形象之中，體會其心理，揣度其行動從而暫時具有了對象的性格、品質。〔註2〕所以「動心」強調的是作者想像幻化的能力。

3、格物忠恕說

金聖嘆又引儒學「忠恕」、「格物」與小說創作之理相印證。格物致知在儒

〔註1〕見《佛學大辭典》，丁福保編，天華出版社，1987年，頁991、992、1375。
〔註2〕見《中國小說理論史》，陳洪著，安徽文藝出版社，1992年，頁166。

家的詮解中，本具有多重的歧義，金聖嘆於此又賦予其新義。如〈序三〉云：

> 夫以一手而畫數面，則將有兄弟之形；一口而吹數聲，斯不免再咉
> 也。施耐庵以一心所運，而一百八人各自入妙者，無他，十年格物
> 而一朝物格。斯以一筆而寫百千萬人，固不以爲難也。格物亦有法，
> 汝應知之。格物之法，以忠恕爲門。何謂忠？天下因緣生法，故忠
> 不必學而至於忠，天下自然無法不忠。火亦忠，眼亦忠，故吾之見
> 忠；鍾忠，耳忠，故聞無不忠。吾既忠，則人亦忠，盜賊亦忠，犬
> 鼠亦忠。盜賊犬鼠無不忠者，所謂恕也。夫然後物格，夫然後能盡
> 人之情，而可贊化育，參天地。……忠恕，量萬物之斗斛也。因緣
> 生法，裁世界之刀尺也。施耐庵左手握如是斗斛，右手持如是刀尺，
> 而僅乃敘一百八人之性情、氣質、形狀、聲口者，是猶小試其端也。

金氏稱美施耐庵爲「格物君子」，認爲其善於格物，能察人所未察，亦能從格
物的途徑深入生活，了解現實中的事理，積累生活經驗。

而「忠恕」既爲「格物」的方便門，必有其相對的重要性。其於〈序三〉
所云：「何謂忠？天下因緣生法，故忠不必學而至於忠，天下自然無法不忠」，
又第四十二回評云：「盡忠之爲言，中心之謂也。喜怒哀樂之未發，謂之中；
發而爲喜怒哀樂之中節，謂之心；率我之喜怒哀樂無不自然誠於中形於外，
謂之忠」。故聖嘆所謂「忠」即是在創作過程中全然眞誠盡己地表現，其中包
括了確切地體察描寫對象的眞實情況，以及將自我對外物的觀照眞實的映現。

而何謂「恕」？第四十二回回評：「知家國、天下之人率其喜怒哀樂無不
自然誠於中形於外，謂之恕」，又〈序三〉云：「盜賊犬鼠無不忠者，所謂恕
也」。「恕」則需暫拋自我，去體驗性格完全不同的人物。

在反覆實踐「忠」、「恕」、「格物」的過程中，作者形諸筆楮的人物才能
一層深進一層地雕鏤琢磨。

（二）葉　晝

葉晝對虛實論之構成原則，亦有多方面的見解。

1、小說虛構性的認識

底下的批語即呈現葉晝對小說虛構屬性之認識。

> 《水滸傳》事節都是假的，說來卻似逼眞，所以爲妙。常見近來文
> 集，乃有眞事說做假者，眞鈍漢也！何堪與施耐庵、羅貫中作奴。（《水

滸傳》第一回回末總評）

> 劈空捏造，條理井井如此，文人之心一至此乎！若實有其事，則不
> 奇矣。（《水滸傳》第十回回末總評）

> 天下文章當以趣爲第一。既是趣了，何必實有其事，並實有其人？
> 若一一推究如何如何，豈不令人笑殺！（《水滸傳》第五十三回回末
> 總評）

小說創作原本就是虛構一個假有的情境，讓讀者身臨其境，而非眞人眞事的
刻劃。其中所呈現的眞實感，即是透過符合情理的描寫而達致的效果，並非
意味著眞人眞事的實寫。

2、情節虛構原則的揭示

葉畫對小說情節提出了「假事眞情」說，其云：

> 《水滸傳》文字原是假的，只爲他描寫得眞情出，所以便可與天地
> 相終始。即此回中李小二夫妻兩人情事，咄咄如畫，若到後來混天
> 陣處，都假了，費盡苦心亦不好看。（《水滸傳》第十回回末總評）

葉畫以《水滸傳》爲例，說明小說的創造往往藉由虛構情節的安排（此即假
事），以傳達作者之中心意旨。然囿於作者能力之高低，所臻的藝術境地亦有
不同，即使是同一部作品，亦有藝術眞實與藝術虛假之區別，而認定之標準
即在於「眞情」二字。能夠寫出眞情者，即已達致藝術眞實之境。其又云：

> 《水滸傳》文字，不好處只在說夢、說怪、說陣處，其妙處都在人
> 情物理上，人亦知之否？（《水滸傳》第九十七回回末總評）

此處葉畫提出「人情物理」作爲小說虛構的依據。「人情物理」與前面所言「眞
情」、「情事」一樣，都是指小說所描寫對象，要符合人生情理與生活邏輯。
如《水滸傳》中的說夢、說陣、說怪……等等，均是悖離生活邏輯向壁虛造，
所呈現的是藝術虛假的效果，葉畫反對這樣的胡亂編造，而讚許對李小二夫
妻的細膩描寫，認爲作品中寫李小二夫妻在滄州照顧林沖、偷聽陸虞侯的密
談……等情節，更能呈現眞實感。故其又云：

> 妝點十面埋伏處，大象自家意思。文人任性如此，可笑哉！（《水滸
> 傳》第七十七回評）

> 此回文字極不濟。哪裡張旺便到李巧奴家！……都少關目。（《水滸
> 傳》第六十五回評）

這些都是不合「人情物理」的虛構，對情節任意撮合，忽略了生活邏輯。故要求情節虛構且又要具備藝術真實，這是葉畫小說理論的核心。

3、藝術虛構與藝術真實的依據

葉畫曾云：

> 世上先有《水滸傳》一部，然後施耐庵、羅貫中借筆墨拈出。若夫姓某名某，不過劈空捏造，以實其事耳。如世上先有淫婦人，然後以楊雄之妻、武松之嫂實之；世上先有馬泊六，然後以王婆實之；世上先有家奴與主母通奸，然後以盧俊義之賈氏、李固實之。若管營、若差撥、若董超、若薛霸、若富安、若陸謙，情狀逼真，笑語欲活，非世上先有是事，即令文人面壁九年，嘔血十石，亦何能至此哉！亦何能至此哉！此《水滸傳》之所以與天地相終始也歟。其中照應謹密，曲盡苦心，亦覺瑣碎，反爲可厭。至於披掛戰鬥，陣法兵機，都剩技耳，傳神處不在此也。〈水滸傳一百回文字優劣〉

所謂「世上先有《水滸傳》一部，然後施耐庵、羅貫中借筆墨拈出。」即指作家在創作之前，必先對現實生活加以觀察、加以提煉、加以概括，使種種現實生活的題材成爲藝術虛構的依據。相對而言，要求人物鮮活、事件逼真的藝術真實，其基本來源亦是取自於生活真實。可列表說明如下：

> 生活真實（如淫婦、馬泊六……等眾生相）→藝術虛構（透過施耐庵、羅貫中加以觀察、概括、提煉）→藝術真實（潘巧雲、潘金蓮、王婆……等逼真的小說人物）

4、化工肖物說

葉畫又云

> 此回文字逼真，化工肖物。摹寫宋江、閻婆惜並閻婆處，不惟能畫眼前，且畫心上，且並畫意外。顧虎頭、吳道子安得到此！至其中轉換關目，恐施羅二公亦不自料到此。余謂斷有鬼神助之也。（《水滸傳》第二十一回回評）

所謂「化工肖物」即指人物之摹寫形神兼備，結構自然巧妙。如果作品活潑靈動，就能讓人有如臨其境、如睹其人之感，文學形象自然在讀者的想像中獲得了生命，作者筆下的人物、情節擺脫了虛構手段自由地活動起來了，即已達致藝術真實之境。

（三）李　贄

李贄評點袁刊本《水滸傳》，常以「逼真」、「逼肖」、「化工」、「傳神」作為達致藝術真實之標準。試整理如下：

如第二回寫史進與李吉談及少華山盜賊之處，其眉批云：

> 從碎小閒淡處生出節目來，情景逼現。

又如第四回寫趙員外帶魯達去五台山，首座與眾僧商議道：「這個人不似出家的模樣，一雙眼卻恁兇險。」眾僧道：「知客，你去邀請客人坐地，我們與長老計較。」中有眉批云：

> 逼肖叢林中情事。

第七回寫林沖帶寶刀隨兩個承局拜見高太尉，於路上，林沖道：「我在府中不認得你兩個人。」其間的眉批云：

> 不認得不在事上說，在口裡點出，真化工之筆。

第十回描寫林沖到草料場，老軍收拾行李，臨了說道：「火盆、鍋子、碗碟都借與你。」林沖道：「天王堂內，我也有在那裡。你要，便拿了去。」眉批道：

> 小小情事，都逼真。

接下來的情節描摹林沖在草料場草屋「仰面看那草屋時，四下裡崩壞了，又被朔風吹撼，搖振得動。」眉批又云：

> 情景逼真。

在第十一回寫林沖到梁山泊，王倫要林沖三日內納投名狀，林沖過了兩天並未做到，即仰天長嘆道：「不想我今日被高俅那賊陷害，流落到此，天地也不容我，直如此命蹇時乖。」眉批云：

> 摹寫憤恨語情真，使英雄墮淚。

第十六回寫「楊志押送金銀擔」，楊志催促眾軍漢快走，眾人卻說：「你便剁做我七八段，其實去不得了。」楊志拿起藤條，劈頭劈腦便打去，打得這個起來，那個睡倒。眉批言：

> 語與事俱逼真。

第十七回何濤夫妻與兄弟何清說話的段落，有眉批云：

> 許多顯播的話，只是個像，像情像事，文章所謂肖題，畫家所謂傳
> 神也。

第二十四回寫武松一番語言勸諫潘金蓮，潘金蓮卻潑婦罵街的醜態，武大在一邊卻不知何事。眉批云：

　　　將一個烈漢，一個呆子，一個淫婦，描寫得十分肖象，真神手。

第三十回寫武松在鴛鴦樓與張都監飲酒，喝醉回房後，「覺道酒食在腹，未能便睡，去房裡脫了衣裳，除了巾幘，拿條哨棒來廳心裡，月明下，使幾回棒，打了幾個輪頭，仰面看天時，約有三更時分。」其眉批云：

　　　妙處只是個情事逼真。

第三十二回寫「時當臘月初旬，山東人年例，臘日上墳。」眉批云：

　　　時候風俗，無不寫真。

第八十九回寫宋江令採石爲碑，「豎立在永清縣東一十五里茅山之下，至今古跡尚存。」眉批云：

　　　說得逼真，妙。

小說創作透過藝術虛構的手段，往藝術真實趨近，此時，筆下所寫不論是時間、景物、人物、話語……，都應合乎情理的要求，才能夠逼真傳神，也才能達到藝術真實的境地。李贄在作品的多處描寫中體認到了藝術真實性的存在。

（四）張竹坡

1、入世說

張竹坡云：

　　　作《金瓶梅》者，必曾於患難窮愁、人情世故，一一經歷過，入世
　　　最深，方能爲眾腳色摹神也。〈金瓶梅讀法〉

作家如何揣摹各角色的言行心理，其基本的前提即是「入世」，將深入社會、探索人生的生活體驗應證在小說創作上，作家生活體驗累積地愈豐厚，人物性格的刻劃亦能掌握地愈準確。〈讀法〉中所云：「傳神肖影，追魂取魄。」其基礎即是「入世」，唯「入世」，才能體驗患難窮愁的人生百態，也才能爲各式各樣的人物摹神寫真。

　　作家的生活經驗、生活感受固然重要，可是必然有其侷限性，就如張竹坡於〈讀法〉的同一則中所云：

　　　作《金瓶梅》，若果必待色色歷遍，才有此書，則《金瓶梅》又必做
　　　不成也。何則，即如諸淫婦偷漢，種種不同，若必待身親歷而後知
　　　之，將何以經歷哉！〈金瓶梅讀法〉

所以除了深刻地體驗生活的直接經驗外，張竹坡亦強調間接經驗的重要性，而其中的轉換點即在於作家必須「一心所通，實又真個現身一番，方說得一

番」（見於〈讀法〉），「現身於自己要塑造的人物之中」，此即以心融物的間接經驗，亦即藝術虛構的作用。

2、情理說

有了「入世」的基礎後，張竹坡還認為《金瓶梅》虛構之原則為「人情天理」，其在〈金瓶梅讀法〉中曾反覆論及此點：

《金瓶》處處體貼人情天理。〈金瓶梅讀法〉

其各盡人情，莫不各得天道。即千古算來，天之禍淫福善、顛倒權奸處，確乎如此。讀之似有一人親曾執筆，在清河縣前，西門家裡，大大小小，前前後後，碟兒碗兒，一一記之。似真有其事，不敢謂操筆伸紙做出來的。吾故曰得天道也。〈金瓶梅讀法〉

此處「似有一人親曾執筆」、「一一記之」、「似真有其事」……都在強調作品所具的真實感，而「天理人情」則是對作品的藝術真實作出原則性的總結。「天理」是指生活情理，合乎客觀邏輯規律。綜觀《金瓶梅》的開場結局、事件因果、人物聯繫，均合於現實生活之邏輯，故予人真實可信之感，所以張竹坡以「得天道」曲盡其妙。「人情」則是人物性格的塑造合於情理邏輯，其在〈讀法〉中有云：「其書凡有描寫，莫不各盡人情。然則真千百化身現各色人等，為之說法者也。」以佛家語中的「化身」、「說法」強調人物描寫的真實畢肖。

張竹坡更進一步闡明「天理」與「人情」的關係，其云：

嘗看西門死後，其敗落氣象，恰如的的確確的事，亦是天道不深不淺，恰恰好該這樣報應的。……蓋他本是向人情中討出來的天理，故真是天理。然而不在人情中討出來的天理，又何以謂之天理哉？自家作文，固當平心靜氣，向人情中討結煞，則自然成就我的妙文也。〈金瓶梅讀法〉

根據張竹坡的說法，「人情」是「天理」的基礎，亦即人物性格邏輯是作家構設情節的依據。接著又云：

做文章不過情理二字，今做此一篇百回長文，亦只是情理二字。於一個人的心中，討出一個人的情理，則一個人的傳得矣。雖前後夾雜眾人的話，而此一人開口是此一人的情理。非其開口便得情理，由於討出這一人的情理方開口耳。是故寫十百千人皆如寫一人，而遂洋洋乎有此一百回大書也。〈金瓶梅讀法〉

此處所提出的「情理」實包括「人情」與「天理」二者，亦即小說創作需考量人物的性格邏輯與生活邏輯。由此推而廣之，將「情理」落實於每個人物的描寫，進而構思出與每個人物有關的情節。同時張竹坡強調情理的考量先於人物言行的描寫，即人物的塑造乃依著性格邏輯與生活邏輯而行，如此一來，整個邏輯的圓滿即意味著情節眞實可信度的提高。

（五）脂硯齋

脂硯齋對於虛實論的構成原則，有更完整的論述。

1、親歷說

脂硯齋在多條批語中強調「親睹親聞」，如：

> 近聞一俗笑話云，一莊農人進京回家。眾人問曰：「你進京去可見些個世面否？」莊人曰：「連皇帝老爺都見。」眾罕然問曰：「皇帝如何景況？」莊人曰：「皇帝左手拿一金元寶，右手拿一銀元寶，馬上（捎）著一口袋人參，行動人參不離口。一時要屙屎了，連擦屁股都用的是鵝黃緞子。所以京中連掏毛廁的人都富貴無比。」思想凡稗官寫富貴字眼者，悉皆莊農進京之一流也。蓋此時彼實未身經目睹，所言皆在情理之外焉。（甲戌本第三回眉批）

> 眞有是事，經過見過。（庚辰本第十六回夾批）

> 皆係人意想不到目所未見之文，若云擬編虛想出來，烏能如此。（庚辰本第十八回批語）

> 句句都是耳聞目睹者，並非杜撰而有。作者與余實實經過。（甲戌本第二十五回夾批）

> 寫得出。試思非親歷其境者，如何摹寫得如此。（庚辰本第七十六回雙行批註）

> 此等皆家常細事，豈是揣拿得者。（庚辰本第七十七回雙行批註）

> 此亦是余舊日目睹親聞、作者身歷之現成文字，非搜造而成者。（庚辰本第七十七回雙行批註）

脂硯齋強調「親身經歷」對小說創造的重要性，身歷其境的生活經驗，將能增加作者對生活細節以及人物言語、細節、表情、動作描摹的準確性，也能使得作者筆下的情節更增合理性與眞實感。

2、情理論

脂硯齋的「情理論」與張竹坡「情理說」的觀念是一脈相承的。舉《紅樓夢》第一回寫到甄家婢女嬌杏「雖無十分姿色，卻亦有動人之處」，脂硯齋即批道：

> 更好。這便是真正情理之文。可笑近之小說中滿紙羞花閉月等字。（甲戌本第一回眉批）

這與其所提的「美人陋處」正可互為輝映，其云：

> 可笑近之野史中，滿紙羞花閉月、鶯啼燕語，殊不知真正美人方有一陋處，如太真之肥、飛燕之瘦、西子之病，若施於別個不美矣。今見「咬舌」二字加於湘雲，是何大法手眼，敢用此二字哉！不獨見陋，且更覺輕俏嬌媚，儼然一嬌憨湘雲立於紙上。掩卷合目思之，其「愛」、「厄」嬌音如入耳內。然後將滿紙鶯啼燕語之字樣，填糞窖可也。（己卯本第二十回雙行批註）

人物形象的豐潤圓滿並不在於完美無缺，適時地賦予人物獨特的缺陋，反可增添人物形象之鮮活生動。絕美無陋的形貌失之造假，悖於情理。脂硯齋不僅注意到人物外在的形貌不可落於虛假外，更提出「人各有當」來印證全惡無善、全善無惡的性格缺失，如第四十三回的夾批：

> 尤氏亦可謂有才矣。論有德比阿鳳高十倍，惜乎不能諫夫治家，所謂人各有當也。此方是至理至情。最恨近之野史中，惡則無往不惡，美則無一不美，何不近情理之如是耶？（庚辰本第四十三回雙行批註）

人們性格本具有複雜的特徵，性格往往是由多層的側面所組成，一個人絕不會只是某種單一性格的化身。這在小說人物的塑造上亦是同理，就如孔明除有「智絕」之稱外，其亦兼具了忠貞、謹慎等人格特質；而關羽除了重義、勇猛，亦有負面的心胸狹隘、驕矜之特質；曹操除有奸詐狡猾之特質外，亦允文允武。所以金健人先生曾提及：「寫『百分之百的好人』與『百分之百的壞人』容易導致模式化，然而把人物處理成『時而是天使，時而是惡棍』，不顧性格各側面的主次區別，不顧環境與情境對性格的規定與限制，不顧性格的主、次面相互轉化的必須條件，而憑臆造去追求性格的『複雜性』，同樣容易導致模式化。」〔註3〕這在塑造人物上，可說是相當重要肯切的一環。〔註4〕

〔註3〕見《小說結構美學》，金健人著，木鐸出版社印行，1988年，頁108。

〔註4〕關於此點，西方的學者亦有論及，如伏爾泰：我們不同的意志不是本性上的

又如第五十四回中賈母有駁斥才子佳人小說的大段篇幅，脂硯齋批道：

> 會讀者須另具卓識，單著眼史太君一夕話，將普天下不近理之奇文，
> 不近情之妙作，一齊抹倒。（王府本第五十四回回末總評）

再者如第七十七回夾批所云：

> 一段神奇鬼訏之文，不知從何想來。王夫人從來未理家務，豈不一
> 木偶哉？且前文隱隱約約已有無限口舌浸潤之譖，原非一日矣。若
> 無此一番更變，不獨終無散場之局，且亦大不近乎情理。（庚辰本第
> 七十七回夾批）

此處脂硯齋以人物應有的行為與日常行徑作判斷，尋繹其應有之情理。

脂硯齋的情理論，不僅思及「人各有當」、「美人陋處」、「矛盾而入情」
的人物塑造命題外，更將情理論導向於人物複雜的性格層面，澄清了符合情
理的描寫不一定是全善全惡的描寫模式，而是依現實生活規律與邏輯運轉的
人物。

3、傳神論

《紅樓夢》寫元妃省親時，與家人相見含悲強歡。脂硯齋批云：

> 追魂攝魄，《石頭記》傳神摹影，全在此等地方，他書中不得有此見
> 識。（庚辰本第十八回雙行批註）

使人物能傳神寫照，即在於各種刻劃方式能夠合情入理。如《紅樓夢》第七

矛盾，人並不是單純的主體。人是由無數器官組合成的：倘使其中有一個器
官發生毛病，那就會改動腦子裡所有的感覺，就會有新的思想和新的意志。
我們的的確確時而心灰意懶，時而驕傲自滿，這種情況只在我們處於相反的
形勢下才會出現……。（見《哲學通信》中的〈第二十五封信談帕斯卡先生的
思想集〉，法國伏爾泰（Voltaire）著，高達觀等譯，上海人民出版社，1961
年，頁 119 至 120）
又如佛斯特曾分辨平面人物與立體人物，其云：平面人物的好處之一在易於辨
認，只要他一出現即為讀者的感情之眼所察覺。感情之眼與一般視覺不同之點
在於前者只注意概念而非真實的人物。……第二種好處在於他們易為讀者所記
憶。他們一成不變的存留在讀者心目中，因為他們的性格固定不為環境所動；
而各種不同的環境更顯出他們性格的固定，甚至使他們在小說本身已經湮沒無
聞之後還能繼續存在。（見《小說面面觀》（Aspects of the Novel），佛斯特（Edward
Morgan Forster）著，李文彬譯，志文出版社，1973 年出版，頁 60）
一個立體人物必能在令人信服的方式下給人以新奇之感。如果他無法給人新
奇感，他就是平面人物；如果他無法令人信服，他只是偽裝的立體人物。立
體人物絕不刻板枯燥，他在字裡行間流露出活潑的生命。（同前，頁 68）
佛斯特的觀點亦指向複雜的性格是圓形的。

十三回邢夫人看見痴丫頭誤拾繡春囊,即有底下的動作——「嚇得連忙死緊攥住」。庚辰本脂批評論道:

> 妙,這一「嚇」字方是寫世家夫人之筆。雖前文明書邢夫人之為人稍
> 劣,然不亦在情理之中,若不用慎重之筆,則邢夫人直係一小家卑污
> 極輕賤之人矣,豈得與榮府聯房哉。(庚辰本第七十三回雙行批註)

脂硯齋之論,親歷說即是強調生活真實對作者的重要性,如無生活經驗的累積,必不能強化作品的深度;而情理論則是在進行藝術虛構時,所言所述要符合邏輯。而傳神論則是於情理論的基礎上,所描寫的情節與人物均達到藝術真實之境,予人栩栩如生之感。就如《紅樓樓》的第一回所云:

> 作者自云因曾歷過一番夢幻之後,故將真事隱去,而借「通靈」之
> 說撰此「石頭記」一書也,故曰「甄士隱」云云……。

開宗明義作者即表明《紅夢樓》已將真事隱藏掩蓋,而假藉「通靈」之說這種虛構的方式說明作書緣起。又為了強化作品的真實性,作者從自己熟悉的事物來取材。綜觀《紅樓夢》所述的食、衣、住、行是以旗人生活為基調,如第十七、十八回,賈元春回家省親,書中有一段描寫:「忽聽外面馬跑之聲,一時有十來個太監,都喘吁吁地跑來拍手兒。這些太監會意,都知道是來了。」脂硯齋批道:

> 難為他寫的出,是經過之人也。(庚辰本第十八回夾批)

又如第三回寫黛玉來到東廊三小正房內,則炕上是半舊青緞靠背坐褥,「挨炕一溜三張椅子上也搭著半舊的彈墨椅袱」。脂硯齋批語云:

> 此處則一色舊的,可知前正室中亦非家常之用度也。可笑近之小說
> 中,不論何處,則曰商彝周鼎、繡幕珠簾、孔雀屏、芙蓉褥等樣字
> 眼。(甲戌本第三回夾批)

可知如此紮實的生活摹寫,需要有充分的生活基礎之積累,才可造就出完全合情合理的小說情境。

二、虛實論的藝術進程

經由小說評點家對虛實論構成原則的論述,不難發現其中有許多相似的見解,包括小說虛構性的確立,要求作家深入生活,以及虛構想像的運用,還有力求作品情理圓滿、逼真肖物等等。這些都揭示了虛實論的內涵本質,亦即對小說作家、小說作品的共同要求:小說是虛擬的世界無疑,然小說藝

術的成功與否，不光只是作品虛構性的確立，而是立基於作家對生活眞實的透徹感悟，以及對藝術虛構運用的巧妙與否，更需檢視作品是否趨近達致藝術眞實。如此一來，我們可將虛構性與眞實性的多重內涵，織就成藝術規律的進程：

> 生活眞實（日常事件）、歷史眞實（歷史史料）的積累→藝術虛構的運用（作者本身的想像力、幻化能力）→藝術眞實的建構（符合人情物理、逼眞、肖物）

透過藝術進程的澄清，虛實論的構成原則，即可得到清楚的彰顯。底下即逐點作分段論述：

（一）生活真實、歷史真實的積累

　　金聖嘆所提的「格物說」、「因緣生法說」，是要求作家深入生活、了解現實中的事理，積累生活經驗。張竹坡的「入世說」強調作家對生活的體驗。而脂硯齋的「親歷說」明白指出充分的生活基礎對藝術創造的重要作用。再舉欣欣子《金瓶梅詞話》所云，其認爲笑笑生創作此書乃「罄平日所蘊者，著所著」，才能使所描述的對象「如在目前始終，如脈絡貫通，如萬絲迎風而不亂」。故透過深廣的生活積累，豐富的原象潛藏於創作者的心靈，蓄勢待發。

　　所以廣大的生活範疇可說是文學藝術的泉源，藝術靈感的湧現可歸因於現實生活的啓迪。因而生活眞實的積累，包括個人的生活遭遇，或者像蒲松齡於瓜架豆棚之下、通衢道路之旁采擷的積累方式，這些都是對實際存在的客觀生活對象（包括自然、人、事、物的存在及其相互關係）的認識。創作者對作品的構思和創造，即包含其對生活的種種認識與取材。

　　而對生活眞實的認識深淺，則牽涉到創作者個人的心理結構、思考邏輯、情感模式、具體心境，這些因素支配與影響創作者體驗與感受的過程，因此每一部小說的創作都有其對生活眞實的獨特詮釋，而奔騰於小說內容中豐富的意象，就是由這些獨特的感受所萌發、醞釀而成的。

　　歷史眞實〔註5〕的積累亦同。歷史眞實是歷史小說的基礎，缺少了這一基

〔註 5〕此處所謂的歷史眞實，是指正史上，或者是公認可靠的筆記、隨筆上有記載的，亦即所謂的「信史」。當然信史上所載未必都是事實，即如《左傳》、《國策》、《國語》本身亦有一些不經之談，所以並沒有絕對眞實的歷史著作。然而信史所呈現的史事，較之稗官野史，更接近歷史眞實的認知，後代人亦可據之而澄清歷史事件演進的過程。

礎，歷史小說即無法成立。故歷史眞實的積累，避免了違背歷史常識錯誤的出現，使歷史小說建築在歷史眞實的基礎上進行加工和再創造，此也意謂歷史小說仍需受歷史眞實的制約，同時符合歷史的運轉邏輯。故寫作歷史小說要比別人更深一層的功夫即是對史料的熟悉與掌握，「點」的基礎愈紮實，所成就的「線」和「面」才愈縝密；對「史料」相應的了解愈足夠，所織就的「歷史小說」才愈深刻。

（二）藝術虛構的運用

藝術來自於生活，但要眞正成爲藝術作品，又必須擺脫生活的原態。生活眞實的客觀體驗只是創作的起點，結合想像創造、體驗感受的藝術虛構才是關鍵所在。藝術虛構是在創作主體已經建立其獨特的感受與體驗的基礎上，再展開創造力與想像力，對許多混沌、片斷、複雜的體驗與感受進行重組與再建，繼而建構出獨特的形象體系。

經由藝術虛構所砌造的世界，已不是原來客觀的生活現象，而是創作主體想像邏輯、情感邏輯的呈現。就如朱立元先生所云：

> 藝術構思、想像、創造的過程，實質是一個意象建立的過程。「意」爲藝術家的意念、意圖、情意、意緒、意志等等，屬主體的創造意向；「象」則是主體在生活中具體體驗、感受到的具象信息，按藝術家的意向進行加工、改組、想像、生發、擴夸、重建而成的具象體系。在這個意義上，「象」完全是藝術家有意識制造的「外部標志」，只要能爲他人接受體驗，它是否要與生活形態相像，卻並不重要。
>
> 〔註6〕

所以小說作品本身即是小說家主觀的選擇、提煉、想像和創造的結果。但如何使虛構的藝術手法運用得當，有兩個大原則要把握：

1、虛實必須相結合

虛寫要寫得好，讓人留有餘味，並非易事，它往往在表現方法上用到了「避實寫虛」的方式。就如關羽溫酒斬華雄與三顧茅廬這兩段，作者並不直接或很少直接描寫對象本身，此即避實，著力描繪對象所引起的效果，就是寫虛。如此一來，「避實寫虛」不僅造成寬廣的藝術空間，更啓發讀者的想像力，引導讀

〔註6〕引文見〈論藝術眞實的動態模型〉，朱立元著，期刊「文藝理論」，1986 年 9 月，頁 124。

者進行合理深化的藝術再創造，進而自其中獲得豐富的美感。然而不可否認的虛寫亦需實寫的配合、映襯，才能發揮其應有藝術效果，如果只有幾段的虛寫，而沒有對關羽身經百戰的許多實寫，或者孔明神機妙算的種種表現，他們的神勇、機智也很難給人具體的實感。所以沒有實筆的細膩描繪，也就沒有虛筆的神思想像，寫好了實筆，才能用具體形象引導和制約欣賞者的想像。

2、虛實必須作全方位的處理

在第三章第二節結構虛實論時已提及虛寫用補敘、追敘的方式頗多，或者人物之虛寫往往由他人眼中看出……等等，這時虛實的參差互見，可能相隔幾十回而出現，在這中間如果沒有路線的安排，可能出現前後矛盾的情形。反之，如果將虛實處理的完整，則小說賓主、詳略、閒繁都可錯綜有致，脈絡一一可按。

另對於歷史小說或許還存有能否虛構的迷思，其實自廣大的史傳文學來看，雖然都強調「實錄」，但古代史家一向很重視文采，爲使文氣通暢，並不排除情理之中的虛構。如司馬遷作《史記》「梁益舊事，訪諸故老，夫以芻蕘鄙說，刊爲竹帛正言」，故《史記》的寫作，不僅出自於宮廷史冊，更有許多來自於民間傳說，所以其間少不了虛構、想像。歷史小說亦相同，虛構、想像是必要的，且能將歷史眞實轉化爲藝術眞實。

就舉《三國演義》華容道義釋曹操爲例，其源出於演義家的虛構，然數百年來卻被無數讀者當作歷史來接受，這就是經由藝術虛構所呈現的眞實感，它讓虛構的情節符合了歷史邏輯。正如歐陽健先生所云：

> 歷史演義的創作過程也是一個演義作家與他的素材之間相互作用的連續不斷的過程，一個使主客體趨於一致的合目的性的活動的過程。〔註7〕

所以事實的眞假，並非評價歷史小說的標準。應視其是否站在歷史眞實的基礎上，且能在「簡而約」的歷史空白處，以虛構想像的能力，創造出藝術眞實之境。

（三）藝術真實的建構

生活眞實、歷史眞實的積累，藝術虛構的運用，未必能達到眞正的藝術

〔註7〕引文見〈有關《三國演義》研究的兩個問題的思考〉，歐陽健著，期刊《明清小說研究》，第二輯，頁38。

真實。因為藝術真實需以現實真實爲基礎，又需超越現實真實的束縛，進入虛構想像的世界，最後才可能創造出傳真、傳神的藝術情境。大部分的作品並不能達致這個層次。

故許多理論家以原則來揭示藝術真實的內涵，如謝肇淛「然亦有至理存焉」、馮夢龍「事真而理不贗，即事贗而理亦真」、袁于令「極幻之理，乃極真之理」、葉晝「其妙處都在人情物理上」、張竹坡「做文章不過情理二字，今做此一篇百回長文，亦只是情理二字」、金聖歎「未必然之文，又必定然之事」、李日華「不脫不繫」、脂硯齋「天然至情至理，必有之事」……等等，他們所揭示的原則雖未必屬於同一詮解層次，然往藝術真實推進的理念是共通的。

所以藝術真實能夠成爲虛實論的最後進程、最高原則，即在於它所呈現的面貌，不必是真實生活的再現，然其中的情節、人物卻有邏輯的必然性可尋。藝術真實可說是作者對現實的反映，卻不等於現實本身，此即「化虛爲實」之意，幻想和虛構，相對於現實生活而言，就是假，然藝術作品中所描寫的人和事，卻是容許完全虛構，也容許真假參半，但其中所體現的情和理，則必須是真實的。如《紅夢樓》寫到黛玉見寶玉把她所贈的荷包貼身帶著一節，脂硯齋批道：

> 按理論之，則是「天下本無事，庸人自擾之」。若以兒女女子之情論
> 之，則是必有之事。又係今古小說中不能寫到寫得，談情者亦不能
> 說出講出，情痴之至文也。（庚辰本第十八回雙行批註）

合情合理的描寫，可把生活中不存在之事成爲「必有」，亦即把所塑造的形象納入邏輯的統轄，這是藝術真實的底層。

雖然藝術真實結合了生活真實之積累與藝術虛構二步驟，但藝術真實的呈現，並非單獨精確的描寫即可達成，或者對現實之理作客觀一一可擬的描摹即可，而是在情感邏輯上要能引起人們的共鳴。所以藝術真實的達致還包括了讀者鑑賞，鑑賞者於作品中注入自己的體驗、感受、想像……等等，並進而接受作者所安排的邏輯，如此一來，在作品與鑑賞者之間即有真實感的交流。所以在藝術真實的層面中，作者必要建構一個能使讀者感知到的生活世界，讀者再按照自己的生活歷鍊與藝術接受邏輯去認知小說所提供的世界。

關於如此的進程，可以舉例作說明：

以《三國演義》赤壁之戰而言，《三國志》之記載如下：

> （建安十三年）十二月，孫權爲備攻合肥。公（曹操）自江陵征備，

至巴丘，遣張憙救合肥。權聞憙至，乃走。公至赤壁，與備戰，不利。於是大疫，吏士多死者，乃引軍還。備遂有荊州、江南諸郡。（見《三國志‧魏書‧武帝紀》）

先主遣諸葛亮自結於孫權，權遣周瑜、程普等水軍數萬，與先主并力，與曹公戰於赤壁，大破之，焚其舟船。先主與吳軍水陸並進，追到南郡，時又疾疫，北軍多死，曹公引歸。（見《三國志‧蜀書‧先主傳》）

備進住夏口，使諸葛亮詣權，權遣周瑜、程普等行。是時曹公新得表眾，形勢甚盛，諸議者皆望風畏懼，多勸權迎之。惟瑜、肅執拒之議，意與權同。瑜、普為左右督，各領萬人，與備俱進，遇於赤壁，大破曹公軍。公燒其餘船引退，士卒飢疫，死者大半。（見《三國志‧吳書‧吳主傳》）

透過《魏書》、《蜀書》、《吳書》之記載，赤壁之戰的史實面貌明確清晰。《演義》之作者即植基於對歷史史料的充份掌握，將赤壁之戰加以想像擴充，敷衍成卷九「諸葛亮舌戰群儒」、「諸葛亮智激孫權」、「諸葛亮智說周瑜」、「周瑜定計破曹操」、「周瑜三江戰曹操」、「群英會瑜智蔣幹」，以及卷十「諸葛亮計伏周瑜」、「黃蓋獻計破曹操」、「闞澤密獻詐降書」、「龐統進獻連環計」、「曹孟德橫槊賦詩」、「曹操三江調水軍」、「七星壇諸葛祭風」、「周公瑾赤壁鏖兵」、「曹操敗走華容道」、「關雲長義釋曹操」等許多膾炙人口、家喻戶曉的情節。其實深究小說內容與史實之異同，可發現小說改寫史實面貌者甚多（此點在前面章節已有討論），如：

　　第一、「諸葛亮舌戰群儒」，據《三國志‧蜀書‧諸葛亮傳》之記載，諸葛亮有說孫權拒曹操之事，〔註8〕然並未有舌戰群儒之場面。

　　第二、「七星壇諸葛祭風」，據《三國志‧吳書‧周瑜傳》所言，建議用火攻的是黃蓋。又據裴注引《江表傳》云：「時東南風急。」〔註9〕絕無借東風之事。

　　第三、黃蓋苦肉計於《三國志‧吳書‧黃蓋傳》及《三國志‧吳書‧周瑜傳》均未見。

　　第四、「關雲長義釋曹操」，史書亦未見。僅有《三國志‧魏書‧武帝紀》

〔註 8〕詳見《三國志》，洪氏出版社，1984 年，頁 915。
〔註 9〕同註 8，頁 1263。

　　　　裴注引《三陽公載記》云：

> 公船艦爲備所燒，引軍從華容道歸，遇泥濘，道不通，天又大風，
> 悉使嬴兵負草塡之，騎乃得過。嬴兵爲人馬所蹈藉，陷泥中，死者
> 甚衆。軍既得出，公大喜，諸將問之，公曰：「劉備，吾儔也。但得
> 計少晚；向使早放火，吾徒無類矣。」備尋亦放火而無所及。〔註10〕

與義釋曹操的小說情節大異其趣。

　　這些想像虛構的部分即充份彰顯作者的幻化能力。史料所提供的是簡單
的事件梗概、時間脈絡的承續，而如何鋪敍出壯烈的、具三國鼎立歷史意義
的赤壁之戰圖貌，即在於將其中可幻化的史材，擬設合情合理之境。同是諸
葛亮遊說孫權，然加入舌戰群儒的描寫，不僅將諸葛亮的智慧增添一筆，同
時讓讀者漫步於三國歷史時，更能貼近、迴溯彼時時空，此即藝術虛構的妙
用所在，亦是向藝術眞實推進的必經歷程。

　　然不容否認《演義》在赤壁之戰的許多細節描寫上，喪失眞實感，讓人
物神話化了，最明顯的例子即是「七星壇諸葛祭風」，孔明智絕形象於此陡然
一變成爲神祕近妖，此即虛構誇張太過，無法導向藝術眞實之境

　　又如脂硯齋在《紅樓夢》第十九回的批語對《紅樓夢》藝術眞實的領會，
其云：

> 按此書中寫一寶玉，其寶玉之爲人，是我輩於書中見而知有此人，
> 實未目曾親睹者。又寫寶玉之發言，每每令人不解，寶玉之生性，
> 件件令人可笑。不獨於世上親見這樣的人不曾，即閱今古所有之小
> 說傳奇中，亦未見這樣的文字。於顰幾處更甚。其囫圇不解之中實
> 可解，可解之中又說不出理路。合目思之，卻如眞見一寶玉，眞聞
> 此言者，移之第二人萬不可，亦不成文字矣。」（庚辰本第十九回雙
> 行批註）

脂硯齋實了解到小說創作的奧妙處，即作者以某些人情生活作爲創作之基
材，以生活眞實建構小說的底層，再按作者的理想虛構情節、創造人物，故
他說寶玉是今古所有小說中「實未目曾親睹」。然而爲何寶玉、黛玉的形象如
此活脫飄忽眼前呢？正是因爲作者將情節、人物的創造建立在對現實極爲深
刻的理解基礎上，並以之寄託對生活的願望和理想，因而使得《紅樓夢》這
一部書、寶玉這一人物處處流動著藝術眞實的本質因素，一切自然是「可解」

〔註10〕同註8，頁31。

的、可領會的、具有深刻感染力的。另外，脂硯齋亦體認到創作與鑑賞過程中神祕的個人色彩，因為鑑賞者（包括讀者）是以「觀文者披文以入情」（《文心雕龍・知音》）的立場感受文中之境，故在逆揣作者情感的同時，往往存在著認知的落差，所以云：「可解之中又說不出理路」，可見藝術真實的進程中，讀者鑑賞能力的高低亦不脫干繫。

　　故在「生活真實——藝術虛構——藝術真實」的進程中，虛實並非割裂的，而是互相轉化的。如就創作者而論，其轉化的契機建立在對事物極為深刻的了解基礎上，雖然未曾事事經歷，然創作主體卻能以心靈觀照和情感作用，以心融物，擺脫有限時空的束縛與制約，以「設身處地」的方式來擴大創作的廣度。此即金聖嘆所言的「動心說」。而對於鑑賞者而言，其轉化的契機在於想像力的擴充，一位鑑賞者依據作品的描述、暗示、提示，進而再構出自己所認同的世界，完成「作者——作品——讀者」的交流，達致「藝術創作——審美鑑賞」的共鳴。

第二節　虛實論之作用

　　虛實在古典小說理論的範疇中，扮演著相互對立、相互補充、相互轉化的二重角色，經由虛實相生的過程，它們不僅發揮了自身的張力，而且產生了審美效應。其所產生的作用，可分述如下：

一、使作品含蓄，避免直露，留給讀者聯想的空間

　　白居易於〈琵琶行〉中曾以「此時無聲勝有聲」來描寫樂曲間空白停頓的效果。同樣地，在小說中亦有許多的空白處，需要讀者的聯想。如《紅樓夢》第九十八回寫林黛玉將死：

> 猛聽黛玉直聲叫道：「寶玉！寶玉！你好……。..」說到「好」字，
> 便渾身冷汗，不作聲了。

作者於此處巧妙地讓黛玉留下半句未說完的話，刺激讀者運用想像力加以補充填滿。這就是以虛寫避免了平鋪直敘與太露的毛病，同時讓讀者有更強烈的審美感受。

二、使主體得以突顯

　　避實寫虛的表現手法，無論是在繪畫或者文學作品中，都應用得相當廣

泛。試舉漢樂府《相和歌辭》中的〈陌上桑〉為例，作者寫羅敷之美貌，前幾句「頭上倭墮髻，耳中明月珠。緗綺為下裙，紫綺為上襦。」乃正面實寫其髮型、耳墜、穿著。而後幾句「行者見羅敷，下擔捋髭鬚。少年見羅敷，脫帽著帩頭。耕者忘其犁，鋤者忘其鋤。來歸相怒怨，但坐觀羅敷。」並沒有一一羅列出其眼睛、鼻子、嘴巴如何如何，而是以不同人見到羅敷的反應著筆，由此突顯出羅敷美豔絕倫的形象。

又如《三國演義》第十七卷第十則「曹丕五路下西川」，描寫曹丕趁劉備剛死，用司馬懿之計，調五路大兵攻蜀，諸葛亮卻穩坐相府，運籌帷幄，平息五路兵。作者僅對遣使入吳該段作一些實寫，其餘皆用虛寫，作者並沒有實寫兵戈相交，只是在文中交代諸葛亮的應敵策略與五路兵均被平息的結局。諸葛亮足智多謀的主體形象躍然紙上。

三、使文字表達凝鍊、結構緊湊，避免繁冗、瑣屑、重複

《紅樓夢》第六回寫劉姥姥進榮國府，周瑞家的帶她去見王熙鳳。周瑞家說：「若遲了一步，回事的人多了，就難說了。再歇了中覺，越發沒時候了。」就這些話把王熙鳳「日理萬機」的形象精確地傳達出來，避開細瑣地描寫。脂硯齋批云：

> 寫出阿鳳勤勞等事，然卻是虛筆，故於後文不犯。（甲戌本第六回眉批）

所謂「不犯」就是不重複。王熙鳳掌管賈府大大小小之事，如果事事落實，則寫不勝寫，所以許多地方必須以虛筆帶過。

在前一章對《三國演義》的討論中，亦可見出虛筆對結構布局的重要性。

四、使表現手法更為豐富，突破平面文字的侷限

任何一種藝術表現都有其自身的侷限性。就如老舍曾請齊白石以「蛙聲十里出山泉」為畫題一樣，「蛙聲」本是聽覺形象，而要把聽覺形象以線條、色彩、形體在畫布上顯現，何其難也！而齊白石則畫了順著山澗泉流游動的蝌蚪，讓欣賞者聯想到十里外的山泉必有青蛙，又經由蛙的存在，蛙聲一片的聽覺意象澎湃湧動。又如宋代畫院的考題：「踏花歸去馬蹄香」，末尾的「香」字是嗅覺意象，最難表現。相傳有位高明的畫師，畫幾隻蝴蝶追逐、圍繞著奔走的馬蹄飛舞，就把抽象的「香」具象化，亦即由虛轉實。

　　而小說中的描寫有許多本是虛相，無法一一盡摹，故常需藉著關鍵字眼，將文字的延展性無限地擴張，就如關羽斬華雄的那一杯酒、關羽擂鼓斬蔡陽的鼓聲，把抽象、無法感覺的「時間」物化了，傳神地表現出人物之勇。

　　李漁曾在《閒情偶寄》中云：

> 傳奇所用之事，或古或今，有虛有實，隨人拈取……實者就事敷陳，
> 不假造作，有根有據之謂也；虛者空中樓閣，隨意構成，無影無形
> 之謂也……傳奇無實，大半皆寓言者，欲勸人人為孝，則舉一孝子
> 出名，但有一行可紀，則不必盡有其事，凡屬孝親所應有者，悉取
> 而加之……。〔註11〕

此點與小說創作有異曲同工之妙，小說之構成須超脫現實中真實存在的事件，而敘述現實中可能存在、可能發生的事件。而要在虛構中建立真實感，不落入「幻而不真」、「形盡而思窮」的窘境，虛實的配合無疑地在小說創作過程中發揮了十分活躍的力量，藉著虛實相生的作用力，不僅可以擺脫具體生活真實、歷史真實的侷限，且更深刻地反映現實。

〔註11〕見《閒情偶寄》卷一〈審虛實〉，長安出版社，1979 年，頁 16。

第六章　結　論

　　虛實在古典小說理論中，具有多重而不重複指涉的意義與概念，形成其理論內涵的深廣。本文以「虛實論」爲中心點，將其理論延伸的範疇加以探究。

　　在本論文第二章探討「小說虛實論的演進」過程中，可以發現虛實不斷處在辯證的關係中，這個現象顯示出三點：

　　一、我國小說對虛實藝術手法的運用先於觀念而前行久遠，如魏晉志怪、唐傳奇、宋元話本、明清小說……等等，虛實技巧十分明顯而普遍，然而遲至明代、清代仍有評論家認爲小說應走實錄的路線，可見小說漸漸走入群衆的同時，對小說觀念的認知仍十分狹隘。

　　二、歷代對虛實的爭辯，由多種歧義而漸漸走向統合，由模糊而走向清晰，由被否定的角色而轉變爲被肯定的要素，甚至成爲邁向藝術眞實必經的指標。這樣的過程中，理論家們不僅一步步去尋繹虛實的概念內涵，更提出一組組互爲對應的理性概念，如虛◆─→實、奇◆─→正、奇◆─→常、眞◆─→假、眞◆─→幻、眞◆─→飾、眞◆─→贋等等，這幾組概念所指涉的對象與範圍雖有不同，但它們基本的涵義則是相同的。且在辯證的過程中，形成小說虛實論的演進思潮：亦即由「崇實反虛論」而反動出「崇虛貶實論」，更進行而提出「虛實並存論」，接著完成「虛實統一論」，這些階段當然有重疊模糊、往來回復的現象，但其中的思潮脈絡，是清楚明確的。

　　三、到了虛實統一的階段，理論家們進一步提出原則性的揭示，如「人情物理」、「情景致極」、「情眞理眞」、「不脫不繫」……等等，甚至在小說評點中指陳具體的方法。然就整體而論，小說理論總結地相當緩慢，而且十分零散。

這些現象，正說明小說在中國文學的發展過程中，所受的箝制頗多，長久蟄伏於史傳文學的影翳中，造成理論觀念與實際創作的落差。

第三章「題材、結構、人物虛實論之釐定」即是基於上述原因，欲針對虛實理論與小說作品作整合彌縫，於是借助金聖嘆評點《水滸傳》、毛宗崗評點《三國演義》、張竹坡評點《金瓶梅》、脂硯齋評點《紅樓夢》等四部作品，透過理論與小說正文緊密結合的批評形式，將論及題材虛實、結構虛實、人物虛實的部分加以整理。有如下的發現：

一、在題材虛實方面：針對一般小說而言，題材的「虛」或「實」並不妨礙其創作，當中的擇材空間是相當自由的；而就歷史小說的虛實問題，透過金聖嘆、毛宗崗對歷史小說定位的澄清，歷史小說在題材擇取上實有其虛構的空間，然爲了兼顧歷史小說「歷史」的個別性與「小說」的文學共性，其大原則仍是「據史虛構」，在能展現歷史意識的狀態下，將可能發生的情節予以合理的虛構。

二、在結構虛實方面：得出結構虛實的共同意義，即作者對情節作正面、直接、詳細的描摹，即是「實寫」；對情節發展作側面的、簡單的暗示，或者以次要的人或事來映襯主要的人或事，或者以書中人物的視角來鋪陳故事，即爲「虛寫」。同時虛實法的運用，常與其他的小說章法，如敘事方法（正敘、補敘、追敘）、敘事角度的轉移（作者自敘、或由他人眼中所見、口中說出、耳中聽到）、賓主、正假、隱顯、藏露等交互作用，這些章法的基本意義雖與虛實法有差別，然它們往往使得虛實的效果益發鮮明，形成波瀾迭起的情節變化。

三、在人物虛實論方面：小說理論家分別對人物的實寫、虛寫提出看法。其中對人物的實寫，認爲可經由充滿個性的肖像刻劃、語言表現、動作概括等方面的層層渲染，使得典型化人物性格呼之欲出。人物的虛寫，則可透過（一）他人眼中所見之人物；（二）以次要人物烘托主要人物；（三）以周遭環境來寫主要人物等方式，使得人物出場活潑生動，且將人物與人物之間的心理活動帶入小說情境中，讓人物彼此之間的互動性提高。同時也讓讀者在虛筆空白處，對人物的形象有補足、充實、再創造的聯想空間。

經由題材虛實、結構虛實、人物虛實等中心論題的澄清後，第四章「《三國演義》虛實論之詮評」是體察虛實於作品中實際運用的情形，可發覺：

一、《三國演義》在題材虛實的運用上，或將史實中的時間、地點、人物加以挪移改造；或將史書中彼此無關的事件、一鱗半爪的記載加以捏合演化；

或毫無史實憑據加以虛構想像，透過上述三種方式，史實與虛構得以重新整合，而其原則乃以作者主觀思想、情感爲導向。往往爲了擁劉反曹的思想傾向、情節的需要與人物性格的塑造，於是強化或減弱史材的眞實性。

基本上，《三國演義》對題材虛實的運用，是在史實的制約下，展開合情合理的藝術虛構，無論是對史材進行挪移、借用、改造、捏合、演化，其最終還是將虛構與史料渾融爲一，形成一個完整的藝術形象。

二、《三國演義》結構虛實之布置，其方式有（一）側面入手，純用虛筆；（二）同一事件，虛實各妙；（三）敘法變換，虛實相生；（四）擁劉反曹，虛實不同；（五）性格獨特，實筆濃抹；（六）戰爭場面，虛實並進：利用這些虛實法的布置，使得小說內容有詳有略、安排得當；小說結構勻稱完整、密切相繫。而其中虛或實的選擇趨向何在？《三國演義》其實是依循著「擁劉反曹」的創作傾向，對許多場面進行增刪的，這種充滿作者濃厚主觀色彩的創作目的與美學追求，指導著作家對結構的虛實安排進行調節，當然支配作家的力量，並不僅止於既定的、自覺的創作目的，更是作者整體創作觀的運作。

《三國演義》結構虛實的布置亦與其他章法發生密切的聯繫，如《演義》中許多補敘的情節，即以虛筆行之；又如部分情節的遞嬗轉由人物所見所聞加以呈現，運用了側面的敘述角度，即是虛筆的運用；再如賓主法、隱顯法與虛實的配合，使得內容有了詳略取捨。

三、《三國演義》對人物虛實之塑造，首先在人物取材虛實上，雖以史爲據，然無論是針對史材加以擴大、聯縮、擇取、改造、替換，小說人物都是超越史材而獨立，故對人物取材之虛實，已經呈現出一條不容置疑的道路，即虛構的絕對化。而在人物塑造虛實上，《演義》亦善用實寫、虛寫的手法，將人物的主要特徵極力強化。

當然《三國演義》對虛實理論的實踐，並非完美無缺、全無可議。如在擇材上，有些未見精當的史料、或者對史書的誤解，《演義》的作者常未經辨識、除錯即加以全盤接收。又常爲「擁劉反曹」的思想傾向所囿，無法公允地兼及每個歷史人物的特長與優點，對蜀國陣營的劉備與諸葛亮往往增飾太過，造成虛假之形象。亦常在處理史實與虛構的同時，使情節產生扞格、人物性格產生矛盾的弊病，如寫劉備：一方面按「仁義」的理想概念傾全力塑造劉備之仁君形象，一方面又按史書，寫下劉備具權謀、掠奪、背信忘義的

情節。然大體而言，《三國演義》的確體現了以實爲本、以虛補實、虛實相生的藝術傳統。

第五章「古典小說虛實論之價值」是對於虛實論的發展史、中心論題及運用現象都掌握後，再針對虛實論的構成本體作討論，以明白其運行的規律。先就小說評點家們對虛構原則的體認加以整理，如金聖嘆的「因緣生法說」、「動心說」、「格物忠恕說」，葉晝的「假事眞情」、「人情物理」、「化工肖物」，張竹坡的「入世說」、「情理說」，脂硯齋的「親歷說」、「情理論」、「傳神論」等等。再者是尋繹出構成虛實論的三個原則：生活眞實、歷史眞實的積累；藝術虛構的運用；藝術眞實的建構，這三個原則彼此間存有互動推進的作用力，將虛構性與眞實性的多重內涵，織就成藝術規律的進程：

生活眞實（日常事件）、歷史眞實（歷史史料）的積累→藝術虛構的運用（作者本身的想像力、幻化能力）→藝術眞實的建構（符合人情物理、逼眞、肖物）

如斯的藝術進程，對創作者而言具有深刻的啓示，即無論是題材虛實、結構虛實、人物虛實，其虛實相生的契機是建立在對事物極爲深刻的了解基礎上，雖未能事事經歷，然創作主體卻能以心靈觀照和情感作用，以心融物，運用虛構想像，擺脫有限時空的束縛與限制，擴大創作的廣度，並進而賦予情節、人物邏輯的必然性。而最後藝術眞實的達致，鑑賞者的參與亦相當重要，其互動的契機即在於想像力的擴張，鑑賞者根據作品的描述、暗示，與作者產生共鳴。

透過「縱向——小說虛實論發展史的澄清」、「中心論題——小說虛實論的建構」、「橫向——小說虛實論的運用」、「本體——小說虛實論的構成原則」等方面的探討，虛實論不僅成爲小說理論史的範疇，更是小說創作論的鑰匙，小說審美鑑賞論的核心。同時虛實論更在作者——作品——鑑賞者間形成緊密的聯線：針對作家而言，他必須學習虛實理論的技巧，了解其內涵與運作原理；對作品而論，它必須具有藝術眞實的特色；對鑑賞者而言，他亦須了解虛實觀念的辯證。所以「虛實論」在小說理論中的任何環節都具有深邃精微的一面。

參考書目

一、專書──典籍類

1. 《老子》，〔周〕李耳，華聯出版社，1963 年。
2. 《莊子》，〔周〕莊周，藝文出版社，1983 年。
3. 《史記》，〔漢〕司馬遷，洪氏出版社，1986 年。
4. 《淮南子》，〔漢〕劉安，藝文出版社，1959 年。
5. 《論衡》，〔漢〕王充，世界書局，1958 年。
6. 《漢書》，〔漢〕班固，鼎文書局，1984 年。
7. 《晉書》，〔唐〕房玄齡、褚遂良，世界書局，1976 年。
8. 《韓昌黎文集》，〔唐〕韓愈，河洛圖書出版社，1975 年。
9. 《劉夢得文集》（四部叢刊本），〔唐〕劉禹錫，商務印書館，1965 年。
10. 《詩品集解》，〔唐〕司空圖，商務印書館，1965 年。
11. 《搜神記》，〔晉〕干寶，里仁書局，1981 年。
12. 《拾遺記》，〔晉〕王嘉，木鐸出版社，1982 年。
13. 《博物志》，〔晉〕張華，藝文印書館，1958 年。
14. 《搜神後記》，〔晉〕陶淵明，木鐸出版社，1982 年。
15. 《西京雜記》，〔晉〕葛洪，廣文書局，1981 年。
16. 《三國志》，〔晉〕陳壽，洪氏出版社，1984 年。
17. 《世說新語》，〔南朝宋〕劉義慶，藝文印書館，1959 年。
18. 《文選》，〔南朝梁〕蕭統編，藝文印書館，1979 年。
19. 《醉翁談錄》，〔宋〕羅燁，世界書局，1958 年。
20. 《夢梁錄》，〔宋〕吳自牧，文海出版社，。

21. 《都城紀勝》，〔宋〕耐得翁，新文豐書局，1989 年。

22. 《夷堅志》，〔宋〕洪邁，明文書局，1982 年。

23. 《後漢書》，〔宋〕范曄，鼎文書局，1991 年。

24. 《東坡志林》，〔宋〕蘇軾，商務印書館，1965 年。

25. 《資治通鑑》，〔宋〕司馬光，世界書局，1979 年。

26. 《歐陽修全集》，〔宋〕歐陽修，華正書局，1975 年。

27. 《蘇東坡全集》，〔宋〕蘇軾，河洛圖書公司，1975 年。

28. 《朱子語類》，〔宋〕朱熹，正中書局，1982 年。

29. 《四溟詩話》，〔明〕謝榛，藝文印書館。

30. 《三國志通俗演義》（明嘉靖壬午年刊本），〔明〕羅貫中，中央圖書館館藏。

31. 《三國演義》，〔明〕羅貫中，三民書局，1985 年。

32. 《水滸傳》，〔明〕施耐庵，三民書局，1984 年。

33. 《新刻繡像批評金瓶梅》，曉園出版社，1990 年。

34. 《馮夢龍全集》，〔明〕馮夢龍，上海古籍出版社，1993 年。

35. 《初刻拍案驚奇》，〔明〕凌濛初，岳麓書社出版，1993 年。

36. 《繪事微言》，〔明〕唐志契，北京人民出版社，1985 年。

37. 《五雜俎》，〔明〕謝肇淛，偉文圖書有限公司，1977 年。

38. 《少室山房筆叢》，〔明〕胡應麟，世界書局，1963 年。

39. 《金批水滸傳》，〔清〕金聖嘆，長安出版社，1986 年。

40. 《貫華堂第一才子書》，〔清〕毛宗崗評，康熙年刊本之朝鮮刊本中央圖書館館藏。

41. 《第一奇書》，〔清〕張竹坡評，里仁書局，1980 年。

42. 《藝概》，〔清〕劉熙載，華正書局，1988 年。

43. 《丙辰箚記》，〔清〕章學誠，藝文印書館。

44. 《閒情偶寄》，〔清〕李漁，長安出版社，1979 年。

45. 《畫譜》，〔清〕石濤，學生書局，1971 年。

46. 《王希廉評本新鐫全部繡像紅樓夢》，廣文書局。

47. 《隋唐志傳》（清康熙長州褚氏四雪草堂刊本），〔明〕羅貫中，中央圖書館館藏。

48. 《新刻校正古本大字音釋三國志通俗演義》，天一出版社（此本與央圖所藏嘉靖本同），1985 年。

49. 《第一才子書》（此本與央圖所藏康熙年刊本同），天一出版社，1985 年。

50. 《容與堂本李卓吾先生批評忠義水滸傳》，天一出版社（明萬曆容與堂刊本），1985年。

51. 《袁無涯本李卓吾批評忠義水滸傳全書》，天一出版社（明崇禎郁郁堂重刊本），1985年。

52. 《新鐫大宋中興通俗演義》，〔明〕熊大木編，天一出版社，1985年。

53. 《唐書志傳通俗演義》，〔明〕熊大木編，天一出版社，1985年。

54. 《新鐫陳眉公先生評點春秋列國志傳》，〔明〕余邵魚，天一出版社，1985年。

55. 《劍嘯閣批評秘本出像隋史遺文》，〔明〕袁于令，天一出版社，1985年。

56. 《二刻拍案驚奇》，〔明〕凌濛初，天一出版社，1985年。

57. 《李卓吾先生批評西遊記》，〔明〕吳承恩，天一出版社，1985年。

58. 《快心編》，〔清〕天花才子編，天一出版社，1985年。

59. 《新列國志》，〔明〕馮夢龍編，天一出版社，1985年。

60. 《廣諧史》，〔明〕陳邦俊編，天一出版社，1985年。

61. 《天許齋批點北宋三遂平妖傳》，〔明〕羅貫中，北京大學出版社，1985年。

二、專書——近人專著類

1. 《中國文學理論史》，蔡鍾翔、黃保真、成復旺，北京出版社，1991年。

2. 《中國文學理論批評史》，敏澤，人民文學出版社，1981年。

3. 《中國文學批評史》，羅根澤，學海書局，1980年。

4. 《中國美學思想史》，敏澤，齊魯書社，1989年。

5. 《中國古代美學範疇》，曾祖蔭，丹青圖書有限公司，1987年。

6. 《中國小說美學》，葉朗，里仁書局，1987年。

7. 《小說結構美學》，金健人，木鐸出版社，1988年。

8. 《美學論集》，李澤厚，駱駝出版社，1987年。

9. 《古典小說劇曲研究資料目錄》，天一出版社，1985年。

10. 《中國古典小說論文目》，潘銘燊編，香港中文大學出版，1983年。

11. 《中國古典小說美學資料匯粹》，孫遜、孫菊園編，大安出版社，1991年。

12. 《小說大辭典》，王先霈主編，長江文藝出版社，1991年。

13. 《中國小說史》，孟瑤，傳記文學出版社，1986年。

14. 《中國小說史》，范煙橋，漢京文化事業，1983年。

15. 《晚清小說史》，阿英，天宇出版社，1988年。

16. 《通俗小說的歷史軌跡》，陳大康，湖南出版社，1993 年。

17. 《中國小說理論史》，陳洪，安徽文藝出版社，1992 年。

18. 《中國小說理論批評史》，陳謙豫，華東師範出版社，1989 年。

19. 《明清小說理論批評史》，王先霈、周偉民，花城出版社，1988 年。

20. 《晚清小說理論》，康來新，大安出版社，1990 年。

21. 《中國古代小說藝術史》，劉上生，湖南師範出版社，1993 年。

22. 《魯迅小說史論文集》，魯迅，里仁書局，1992 年。

23. 《中國通俗小說理論綱要》，謝昕、羊列容、周啓志，文津出版社，1992 年。

24. 《中國章回小說考證》，胡適，里仁書局，1982 年。

25. 《古今小說集成》，上海古籍出版社，1990 年。

26. 《筆記小說大觀》，新興書局編。

27. 《六朝志怪小說選譯》，肖海波譯註，巴蜀書社，1990 年。

28. 《魏晉南北朝小說》，木鐸出版社，1988 年唐人傳奇，木鐸出版社，1988 年。

29. 《宋元話本》，木鐸出版社，1988 年。

30. 《明清小說講話》，木鐸出版社，1988 年。

31. 《金聖嘆的文學批評考述》，陳萬益，國立臺灣大學文史叢刊。

32. 《三國水滸與西遊》，李辰冬，水牛出版社，1977 年。

33. 《三國演義創作論》，葉維四、冒炘著，江蘇人民出版社，1983 年。

34. 《三國演義研究論文集》，河南省社會科學院文學研究所編，中華書局，1991 年。

35. 《三國演義考評》，周兆新，北京大學出版社，1990 年。

36. 《三國演義論文集》，河南省社會科學院文學研究所選編，中州古籍出版社，1985 年。

37. 《三國演義藝術欣賞》，鄭鐵生，中國國際廣播出版社，1992 年。

38. 《三國演義與中國文化》，譚洛非編，巴蜀書社，1992 年。

39. 《論金瓶梅》，鄭振鐸等著，文化藝術出版社，1984 年。

40. 《校訂本紅樓夢》，潘重規編，中國文化大學印行，1983 年。

41. 《石頭記索隱》，蔡元培等著，金楓出版社，1987 年。

42. 《新編石頭記脂硯齋評語輯校》，陳慶浩編，聯經出版社，1986 年。

43. 《曹雪芹與紅樓夢》，余英時等著，里仁書局，1985 年。

44. 《小說面面觀》，愛德華・摩根・佛斯特（Edward Morgan Forster）著，志

文出版社，1973 年；1976 年。

45. 《古小說論概觀》，黃霖，上海文藝出版社，1985 年。

46. 《古典小說鑑賞》，周先慎，北京大學出版社，1992 年小說藝術論稿，馬振方，北京大學出版社，1991 年。

47. 《古典小說藝術新探》，鄭明娳，時報文化出版，1987 年。

48. 《古典小說戲劇賞析》，木鐸出版社，1988 年。

49. 《古典小說藝術的微觀世界》，李延祜，北京語言學院出版，1993 年。

50. 《中國古代小說論集》，郭豫適，華東師範出版社，1992 年。

51. 《中國古典小說藝術欣賞》，賈文昭、徐召勛，安徽人民出版社，1982 年。

52. 《中國古典小說藝術技法例釋》，范勝田編，浙江古籍出版社，1989 年。

53. 《中國古代小說藝術論發微》，陳洪，南開大學出版社，1987 年。

54. 《中國古典小說戲劇欣賞》，岳麓書社，1984 年。

55. 《中國古典小說人物審美論》，嘯馬，華東師範出版社，1990 年。

56. 《人物刻劃基本論》，丁樹南譯，傳記文學出版社，1967 年。

57. 《明清小說論稿》，孫遜，上海古籍出版社，1986 年。

58. 《明清小說的藝術世界》，黃清泉、蔣松源、譚邦和，華中師範出版社，1992 年。。

59. 《西洋文學術語叢刊》，顏元叔編，黎明出版社，1973 年。

60. 《胡適文存》，胡適，遠東圖書公司，1961 年。

61. 《中國畫論類編》，俞崑編，華正書局，1984 年。

62. 《歷代書法論文選》，華正人，華正書局，1997 年。

63. 《歷代詩話續編》，丁福保編，中華書局，1983 年。

64. 《佛學大辭典》，丁福保編，天華出版社，1987 年。

65. 《英美學人論中國古典文學》，香港中文大學出版，1973 年。

66. 《哲學通信》，伏爾泰著，上海人民出版社，1961 年。

67. 《史通釋評》，呂思勉評，華世出版社，1981 年。

68. 《藝術的奧秘》，姚一葦，開明書店，1988 年。

69. 《詩學箋註》，姚一葦，中華書局，1966 年。

70. 《歷代小說序跋選注》，文鏡出版社，1984 年。

71. 《詩家直說箋注》，李慶立、孫慎之箋注，齊魯書社，1987 年。

72. 《歷史與文本的超越》，李晶，上海社會科學院出版社，1991 年。

三、學位論文

1. 《金聖嘆評改水滸傳的研究》，康百世，1971 年政大碩士論文。

2. 《三國演義研究》，洪淳孝，1983 年師大博士論文。

3. 《明清小說評點之研究》，張曼娟，1989 年東吳博士論文。

4. 《晚明文人對小說性質的認識》，何秀娟，1990 年高師碩士論文。

5. 《小說評點中的人物塑造論》，徐靜嫻，1991 年輔大碩士論文。

6. 《三國演義評點研究——以毛評為中心》，陳蕙如，1991 年文大碩士論文。

7. 《兩種水滸評點及其小說理論研究之一》（以袁無涯與容與堂本為中心），鄭士熙，1991 年政大碩士論文。

四、期刊論文

1. 〈從虛實論看中國古代文藝理論的性格〉，岑溢成，當代月刊 46 期，1990 年 2 月。

2. 〈毛宗崗論《三國演義》的結構和情節〉，周偉民，中國古代、近代文學研究，1987 年 5 月。

3. 〈世界小說史上的奇葩〉，陳遼，中國古代、近代文學研究，1987 年 9 月。

4. 〈重新校理《三國演義》的幾個問題〉，中國古代、近代文學研究，1991 年 2 月。

5. 〈金聖嘆的小說創作論〉，嚴云受，中國古代、近代文學研究，1992 年 1 月。

6. 〈《三國演義》的歷史真實與藝術加工〉，雍國泰，中國古代、近代文學研究，1992 年 4 月。

7. 〈略論「實錄」理論對古代小說創作和小說批評的影響〉，王國健，中國古代、近代文學研究，1993 年 2 月。

8. 〈論《三國志通俗演義》的選材標準與結構藝術〉，張錦池，中國古代、近代文學研究，1993 年 6 月。

9. 〈藝術真實論〉，張超，文學評論，1981 年 6 月。

10. 〈歷史演義和歷史真實〉，繆詠禾，文學評論，1984 年 2 月。

11. 〈論《三國演義》的人物塑造〉，黃鈞，文學遺產，1991 年 1 月。

12. 〈文藝的真實性與理想性〉，高起學，文藝研究，1983 年 9 月。

13. 〈史傳詩騷傳統與小說敘事模式的轉變〉，陳平原，文藝理論，1988 年 3 月。

14. 〈小說敘述視點研究〉，李賾，文藝理論，1988 年 3 月。

15. 〈中國小說觀念演進描述〉，金國華，文藝理論，1993 年 2 月。

16. 〈生活對象與審美創造的眞實性〉，王向峰，文藝理論研究，1985 年 1 月。

17. 〈歷史的眞實與眞實的歷史〉，范干忠，文藝理論家，1992 年 3 月。

18. 〈生活對象與審美創造的眞實性〉，王向峰，文藝理論研究，1985 年 1 月。

19. 〈文學作爲「虛構」的歷史〉，吳方，文藝理論研究，1986 年 3 月。

20. 〈金聖嘆論小説的藝術特徵〉，文藝理論研究，1991 年 1 月。

21. 〈「歷史」與「小説」——對「歷史小説」概念的一種理解〉，李裝，文學理論研究，1992‧1 月。

22. 〈明清小説創作眞實論初探〉，李惠明，文藝理論研究，1990 年 4 月。

23. 〈古代歷史小説理論初探〉，吳功正，社會科學研究，1986 年 1 月。

24. 〈古代的小説觀念及通俗小説的起源〉，王開富，明清小説研究，1988 年 3 月。

25. 〈從眞假虛實論看明清小説的審美機制〉，埝任，明清小説研究，1990 年 2 月。

26. 〈試論中國古典小説評點〉，閻增山、楊春忠，明清小説研究，1991 年 3 月。

27. 〈略論古典小説的節奏美〉，汪誠圖，明清小説研究，1992 年 1 月。

28. 〈毛宗崗對中國古代小説理論貢獻〉，杜貴晨，社會科學研究，1986 年 3 月。

29. 〈論生活眞實與藝術眞實〉，鄭士存，河北學刊，1981 年 1 月。

30. 〈藝術創造中的虛實結合〉，趙海江，美學，1986 年 6 月。

31. 〈論毛宗崗對《三國志演義》的評改〉，何滿子，文學遺產，1986 年第四期。

32. 〈古代的小説理論對藝術和生活關係的論述〉，文學遺產，1987 年第一期。

33. 〈試論小説評點的特點及其對我國古代小説理論的貢獻〉，古代文學理論研究第十二輯。

34. 〈古代小説批評中的「虛構」論〉，方正耀，古代文學理論第十二輯。

35. 〈六朝至唐代的他界結構小説〉，葉慶炳，台大中文學報第三期。

36. 〈古典小説批評理論初探〉，鄭明娳，台灣師範大學國文學報 15。

37. 〈有關《三國演義》研究的兩個問題的思考〉，歐陽健，明清小説研究第二輯。

38. 〈明清小説理論家論小説鑒賞〉，田來，明清小説研究第六輯。

39. 〈中國古代小説理論家對虛構的認識和論述〉，王先霈、曾祖蔭、黃清泉、周偉民，古代文學理論研究第五輯。

書　影

書影一　《三國志通俗演義》卷首之〈三國志通俗演義序〉，明嘉靖壬
午年（元年）刊本，中央圖書館藏。

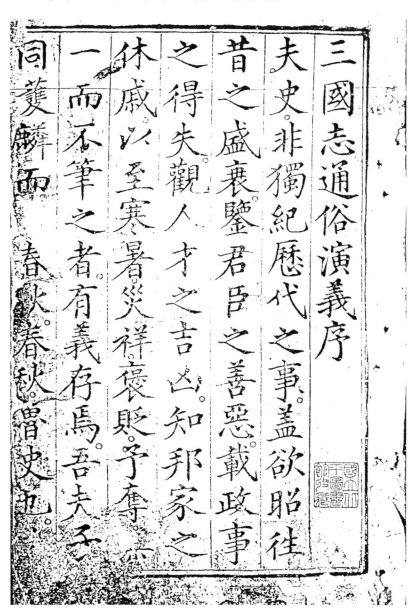

書影二　《三國志通俗演義》，明嘉靖壬午年（元年）刊本，中央圖書
　　　　館藏。

三國志通俗演義卷之一

晉平陽侯陳壽史傳

後學羅本貫中編次

祭天地桃園結義

後漢。桓帝崩，靈帝即位，時年十二歲。朝廷有大將軍竇武。太傅陳蕃，司徒胡廣，共相輔佐。至秋九月。中涓曹節。王甫弄權，竇武，陳蕃預謀誅之。機謀不密，反被曹節，王甫所害。中涓自此得權，建寧二年。四月十五日。帝會群臣

書影三　《貫華堂第一才子書》毛宗崗評點之《三國演義》，康熙年刊本之朝鮮刊本，中央圖書館藏。

四大奇書第一種卷一　一種耳

聖歎外書　茂苑毛宗崗序始氏評

群山州能　吳門杭永年資能氏定

序文　凡例　圖像

讀法　總目

俗

一回　宴桃園豪傑三結義　斬黃巾英雄首立功

二回　張翼德怒鞭督郵　何國舅謀誅宦豎

三回　議溫明董卓叱丁原　餽金珠李肅說呂布

四回　廢漢帝陳留踐位　謀董賊孟德獻刀

五回　發矯詔諸鎮應曹公　破關兵三英戰呂布

六回　焚金闕董卓行兇　匿玉璽孫堅背約

七回　袁紹磐河戰公孫　孫堅跨江擊劉表

書影四　《貫華堂第一才子書》中之〈讀三國志法〉，康熙年刊本之朝鮮刊本，中央圖書館藏

讀三國志法

讀三國志者當知有正統閏運僭國之別正統者何蜀漢是也僭國者何吳魏是也閏運者何晉是也魏之不得爲正統者何也論地則以中原爲主論理則以劉氏爲主論地不若論理故以正統予蜀者司馬光通鑑之誤也以正統予蜀者紫陽綱目之所以爲正也綱目于獻帝建安之末大書後漢昭烈皇帝章武元年而以吳魏分注其下益以蜀爲帝室之冑在所當予魏爲簒國之賊在所當奪是以前則書劉備起兵徐州討曹操後則書漢丞相諸葛亮出師伐魏而大義昭然矣夫劉氏未亡魏未混一魏固不得爲正統適乎劉氏已亡晉已混一而晉亦不得爲正統者何也曰晉以臣弒君與魏無異而一傳之後纍祚不長但可謂之閏運而不可謂之正統也至于東晉偏安以牛易馬愈不得以正統歸之故三國之并吞于晉

第一才子書　　　讀三國志法